我不知道你们是谁,

我只知道你们为了谁!

你们是最美的天使!

——2020年2月14日情人节
武汉公交车驾驶员吴师傅
发给华西医院援鄂医疗队队员的短信

华西坝文化丛书
第三辑

你们是最美的天使

华西抗击新冠肺炎医疗队纪实

谭楷 著

天地出版社 | TIANDI PRESS

图书在版编目（CIP）数据

你们是最美的天使：华西抗击新冠肺炎医疗队纪实 / 谭楷著. —成都：天地出版社，2021.6
（"华西坝文化"丛书. 第三辑）
ISBN 978-7-5455-6162-3

Ⅰ.①你⋯ Ⅱ.①谭⋯ Ⅲ.①纪实文学 – 中国 – 当代 Ⅳ.①I25

中国版本图书馆CIP数据核字（2021）第069980号

NIMEN SHI ZUI MEI DE TIANSHI：HUAXI KANGJI XINGUAN FEIYAN YILIAODUI JISHI

你们是最美的天使：华西抗击新冠肺炎医疗队纪实

出 品 人	杨　政
作　　者	谭　楷
策划组稿	漆秋香
责任编辑	杨　丹
封面设计	经典记忆 / 行　之
供　　图	四川大学华西医院宣传部　等
电脑制作	跨　克
责任印制	刘　元

出版发行	天地出版社
	（成都市槐树街2号　邮政编码：610014）
	（北京市方庄芳群园3区3号　邮政编码：100078）
网　　址	http://www.tiandiph.com
电子邮箱	tianditg@163.com
经　　销	新华文轩出版传媒股份有限公司

印　　刷	天津融正印刷有限公司
版　　次	2021年6月第1版
印　　次	2021年6月第1次印刷
开　　本	700mm×1000mm　1/16
印　　张	15.75
字　　数	260千字
定　　价	58.00元
书　　号	ISBN 978-7-5455-6162-3

版权所有◆违者必究

咨询电话：（028）87734639（总编室）
购书热线：（010）67693207（营销中心）

如有印装错误，请与本社联系调换

广大医务人员是最美的天使,
是新时代最可爱的人!

序
我给天使当"秘书"

我的童年，是在成都华西坝的鲁村度过的。

鲁村，是抗战时齐鲁大学在华西坝修建的平房宿舍。那时，有南京的金陵大学、金陵女子文理学院，济南的齐鲁大学和北平的燕京大学内迁到成都，在华西协合大学的校园——华西坝——形成了五大学联合办学的局面。华西协合大学和齐鲁大学还合办了附属医院，为广大军民医治伤病。

父亲常说，抗战期间，五所大学的师生亲如兄弟。1939年6月11日，日寇飞机轰炸成都，救护队的华西女生黄孝逴遇难，五大学的同学通宵为她守灵，为她唱歌。1942年秋天，五大学的上百名同学参军上前线，临行前个个割破指头，集下一大碗鲜血，写下"国难不纾，誓不生还"八个大字。数万成都人，在少城公园辛亥秋保路死事纪念碑下，为包括学生兵在内的新兵送行。父亲说，经历过那个慷慨悲壮的场面，坚信中国不会亡！

震动成都的口号声，早已淡入历史的天空。

当新冠肺炎疫情在武汉暴发，威胁亿万中国人生命的危险时刻，四川大学华西医院的医疗队紧急集合，驰援武汉。在空旷的天河机场，华西医院援鄂医疗队与山东大学齐鲁医院援鄂医疗队相遇了，他们相互呼喊着"加油"，那十多秒的画面感动了亿万国人。

130人的华西医疗队，以滚滚川江的涛声在喊："齐鲁，加油！"

130人的齐鲁医疗队，以巍巍泰山的气魄在喊："华西，加油！"

这是历史的回音。这是自强不息的民族气壮山河的吼声。

真想跟随华西医疗队奔赴武汉，但已是77岁的年龄，又是非医疗专业的退休老头，我不可能当一名"随军记者"。设身处地为第一线的医护人员想一想吧：厚厚的防护服穿在身，说话带喘气，不便于采访；下班回宾馆，已经累散架了，还会兴致勃勃谈病房的事吗？我想，即使去武汉，让他们几分钟内敞开心扉，也难。

在华西医院宣传部的帮助下，我联系上了在前线的华西医疗队的苟慎菊、张耀之、綦鹏、张宏伟、朱仕超、王梓得、冯燕等十余位医生和护士。无意间，苟慎菊医生在电话中说到她4岁的儿子，因为想念妈妈，画了一只大乌龟，驮着红十字药箱，比兔子跑得还快。我觉得太有趣了。

转念一想，我曾任《科幻世界》总编辑，也是全国少儿科幻画的评委，便请苟医生了解一下，同行的医护人员的娃娃，是否有类似的表现。一打听，不得了，十几个娃娃都用绘画表现抗疫以及对爸爸妈妈的思念，画得非常精彩！经我提议，省科协决定举办一次以抗疫为主题的儿童画展，包括华西医疗队队员子女的画作在内，收集到了5000多幅作品。由此，我找到了一把打开心灵的钥匙——医疗队成员大多数是年轻的妈妈或爸爸，每天，等到他们回宾馆后，我们就从聊娃娃的画入手。他们个个话语滔滔，自然而然就讲了许多发生在病房里的动人故事。

我对他们说："你们忙，没有时间写文章、写日记，你们只需要在电话里给我讲一讲亲历的抗疫的故事，我会给你们当好'秘书'，把你们讲的原汁原味地记录下来。"他们爽快地答应了。

无论是白天还是深夜，近三个月，我守在电话旁聆听来自武汉的声音，写下了三万多字的纪实作品《你们是最美的白衣天使》，自己再看，总觉得意犹未尽。

4月21日下午，我在启德堂，即华西临床医学院楼前，与上千人一起迎接华西抗击新冠肺炎外派医疗队队员平安归来。

始建于20世纪20年代的中西合璧的启德堂，长长的飞檐下，高悬着金碧辉煌的"华西临床医学院"匾额。正门前有三层石阶，石阶中心是汉白玉雕刻的太极图和西方医学的标志蛇杖，象征着东西方文化在这里碰撞与交融。

百年老楼，见证了一次次生离死别，送走了一批又一批热血青年。

新春伊始，启德堂前曾三次送别援鄂医疗队，古老的希波克拉底誓言一直在我耳边萦绕。83天之后，"勇敢的逆行者"凯旋，促使我继续写他们的故事。

本以为他们从武汉归来会轻松一些，不料，电话打过去预约采访，都说"忙得很"。在医院宣传部的安排下，我终于有机会采访到李为民、张伟、罗凤鸣、尹万红、刘丹、宋志芳等人。

我按约定时间，出示介绍信，测体温，查健康码，通过重重盘问，到ICU（重症监护室）去采访"重症八仙"之一的康焰。由于一位危重病人突发情况，需要他去处理，我进不了病房，可又不愿放弃采访，只得待在走廊上。见一个个医生护士匆忙来去，感受到与死神争抢生命的紧张气氛，两个多小时的等候，也是难得的人生体验。

拍摄《中国医生》战疫版的摄影记者小年，在武汉跟踪采访两个多月，一个大小伙子，每讲到动情处，总是声音哽咽，泪如泉涌。难怪他的作品感动了成千上万观众。遂想起有人曾言，传世之作，必是哭出来的。

华西的后勤保障做得太棒了，几次相约，又采访到默默做大事的设备物资部部长吴晓东；冯萍、陈雪融二位教授也给我讲述了"大后方"是如何稳住阵脚，迎接挑战的……其实，华西医院也是抗疫前线。

从早春到盛夏，加拿大、澳大利亚、美国的越洋电话铃声，总是在深夜响起。海外的华西学子，向我激情讲述，他们如何克服困难，为母校购得紧俏的医用物资，并运送成功的故事。

华西医院还向意大利、埃塞俄比亚、吉布提等国派出了国际医疗队。范红教授挤出了28分钟的时间，在办公室讲述了她援非的故事。

越是扩大采访面，越觉得还有更多的人和事需要采访。

一位护士说："一个重症患者，紧抓着我的手不放，穿过眼罩，我看到了痛苦、绝望和求生的本能。"

被救治的患者都说："真遗憾，我们看不清那些白衣天使的面容，只能看到一双眼睛，一只大口罩遮住的脸。"

20世纪，有这样的诗句描绘白衣天使的面容："一朵白云，两颗星星。"这是能降下甘霖的白云，这是生命暗夜中的希望之星。

2020年春天以来，没日没夜地，一双僵硬的长有老年斑的手，敲击着键盘，我在给最美的天使当"秘书"。

目　录

第 一 章	尚未出征，剑鸣不已	001
第 二 章	"哨兵"，大睁着警惕的眼睛	007
第 三 章	外婆为我唱的歌：雄赳赳，气昂昂	015
第 四 章	罗凤鸣，率领着一支"铁军"	021
第 五 章	你给了我哭的时间吗？	031
第 六 章	悬崖上的生死搏斗	037
第 七 章	比翼齐飞在最前线	045
第 八 章	电玩高手战"魔兽"	055
第 九 章	"王子"，请给阿姨一个公主抱	065
第 十 章	一对老夫妻和一个孝子的故事	069
第十一章	最难过、最累心、最难忘的事	075
第十二章	我能成为儿子心中的英雄吗？	081
第十二章	青春的"高光时刻"	087
第十四章	快乐的"老板娘"	097
第十五章	在暖心的团队，做纯粹的医生	103
第十六章	"重症八仙"之康焰	111
第十七章	最后抢救安基娜	119

第 十 八 章　教授级护士长的家常话……………127

第 十 九 章　大后方，不平静的夜晚……………133

第 二 十 章　平凡的人，给我最多感动……………143

第二十一章　能治病是匠人，能治病人是大师…………151

第二十二章　疫霾中，一束温暖阳光……………159

第二十三章　樱花雨说：你们是最美的天使…………165

第二十四章　是"娘屋"，又是"魔鬼训练基地"
　　　　　　——另一角度看华西之一……………171

第二十五章　骨子里的侠骨柔情
　　　　　　——另一角度看华西之二……………177

第二十六章　他们是我生命中的一束光
　　　　　　——另一角度看华西之三……………183

第二十七章　国际救援，大国的底气与担当………191

第二十八章　寄自白求恩故乡……………197

第二十九章　南太平洋温暖的浪花……………203

第 三 十 章　我荣获了一枚骑士级勋章……………211

第三十一章　意大利人伸出了大拇指……………219

第三十二章　凯旋日，意想不到的收获……………229

后　　　记………………………………………237

第一章

尚未出征，剑鸣不已

李为民院长，出身医学世家，他现在是具有128年辉煌历史的四川大学华西医院的"掌门人"。从1892年加拿大人启尔德博士在成都创办第一家西医诊所开始，经过启尔德、莫尔思、启真道、吴和光等十几任院长励精图治，华西医院已经是拥有一万多名医护人员，四千多个床位，学科类别齐全，医疗水平在国内数一数二的三甲医院。国家卫健委多次调动华西医护人员，组成"国家队"，完成中外突发的救灾抢险任务。

　　面对2020年初暴发的新冠肺炎疫情，"华西"亮剑，疾如闪电。一到武汉，就在红十字会医院与凶顽的新冠病毒厮杀，打了一场漂亮的揭幕战。传媒惊叹："华西速度"，出手真快。这是因为"尚未征战，剑鸣不已"，李为民院长胸有成竹，他一口气说了六个"第一时间"华西做了什么：第一时间启动应急预案，第一时间启动应急物资募集，第一时间将战备状态转入战时状态，第一时间派出医疗队驰援武汉，第一时间开展抗疫的科技攻关，第一时间派出专家团队赴海外支持抗疫工作。

　　早在20世纪30年代，便有"北协和"（北京协和医院）、"南湘雅"（长沙湘雅医学院）、"东齐鲁"（齐鲁大学医学院）、"西华西"（华西协合大学医学院）之说。网评："北协和""南湘雅""东齐鲁""西华西"全出手了，这是"王炸"！此说，在当今中国有些片面，但至少说明华西医院在90年前就拥有的实力和地位。

基鹏，华西在读博士，也是华西医院ICU的一名医生。我一看这名字，以为是个帅哥，结果一通话，是声音极具磁性、甜糯悦耳的"声音美女"。她说，"凡事预则立"，"不打无准备的仗"，华西医护人员出征前，就谋划已久，摩拳擦掌——

记得是1月18日，这是春节之前，华西医院周边的国学巷、电信路，与往年没有什么不同，到处张灯结彩，人们忙着购买年货，一片欢乐气氛。

但是，让人没想到的是华西门诊各个进口封闭了，有白衣战士把守。测体温的护士很有礼貌地用小手枪一样的温度计，在进入挂号大厅的人的额头上一一进行"点射"。

"啥子事情啊？"许多群众很不理解，纠纷时有发生。医护人员耐心解释说："武汉暴发了新冠肺炎，我们要做好预防工作。"

凭着百年华西几代人的经验，分析武汉的疫情，不被舆论左右，早在2019年12月31日，医院领导就指示各科室，注意排查发热病人，特别是来自武汉的发热病人。一旦发现就要通报，隔离。一种临近大战的气氛在酝酿着。

静悄悄地，华西医院准备将相对独立的传染科病房改建成专门接收新冠肺炎患者的专用病房。

静悄悄地，华西医院紧急向国内外采购防护服、医用口罩、消毒药品、医疗器械、生活用品等。

静悄悄地，华西医院从各科抽调护士到呼吸科、ICU"实习"。因为新冠病毒主要攻击患者肺部，若华西组织医疗队驰援武汉，主要医护人员要从呼吸科和ICU抽调。考虑到四川是人口大省，若疫情传到四川，这两个科室是与死神拼杀的尖刀连。"后防"不能空虚，这样提前演练，早做准备，真是"神机妙算"。

静悄悄地，华西医院将组织医疗队支援武汉的信息发出之后，按上鲜红指印的请战书，纷纷飞向了院党委。可以说，组织准备、物质准备、心理准备，全部到位。上万名医护人员，时刻准备着，被挑选上——出征！

全院上上下下，简直有战场上"弹上膛，刀出鞘"，只等着冲锋号一响就冲上去的感觉。

1月25日上午10点，李为民院长宣布：从今天起，华西医院从战备状态进入战时状态；所有准备外出旅游的计划全部取消，所有已经回家的医护人员全部返回岗位。

当天中午12点，以大内科总支书记、呼吸科副主任、博士生导师罗凤鸣为队长的20名医护人员组成华西医院第一批援鄂医疗队，与全省100多名赴鄂医护人员搭乘专机飞赴武汉，支援武汉红十字会医院。

2月2日上午11点30分，以呼吸科副主任刘丹为队长的10名医护人员组成的华西医院第二批援鄂医疗队出发，到武汉大学人民医院东院区开展救治工作。

2月7日下午4点，以重症监护室副主任康焰为队长的130名医护人员组成的华西医院第三批援鄂医疗队出发，到武汉大学人民医院东院区，全面接管80个床位，开展救治工作。

我作为第三批援鄂医疗队成员，领到"装备"时，内心真有些震撼！

从防护服、护目镜、N95口罩、统一的队服——紫色羽绒服和加绒外裤到一次性毛巾、秋衣秋裤、牙刷牙膏套装、漱口液、卫生巾、安全裤、塑料盒、卷纸、擦手纸、电热毯、沐浴露、一次性雨衣、喷壶、护肤霜等，个人生活用品一应俱全。

电热毯，是了解到武汉为防疫，宾馆中央空调停用，春寒时节，能有个

四川大学华西医院第一批援鄂医疗队

四川大学华西医院第二批援鄂医疗队

四川大学华西医院第三批援鄂医疗队

热被窝睡觉。

一包成人尿不湿，让我想到关键时刻不担心尿湿裤子。

剪刀、美工刀、指甲刀和折叠水果刀，使我想到居家的方便。

一张食品清单，更是令人叫绝。其中，泡椒凤爪、自嗨锅、麻辣牛肉干，这样的"随军食品"表明，后勤的同志硬是把我们的肠胃摸透了！

院领导还传出很暖心的话："穷家富路。需要的物资，尽量多带些。家里掏空了也不怕，到了武汉，交通运输都困难，缺了啥不容易解决。"

这样，从测试盒到自嗨锅，后勤简直做到家了！

出发前夜，我失眠了。我想起抗战时期的350万壮士出川。我翻看过校史，在国家民族危难之际，华西人从来都是挺身而出——

抗战时期，多少学子投笔从戎，留下许多可歌可泣的故事……

抗美援朝的烽火岁月，华西先后组成两支医疗队赴朝，国内顶尖的胸外科专家杨振华教授所在的战地医院挺进前线，冒着炮火，前后救治了上千名志愿军伤病员。

在20世纪50年代，大肚子病也即血吸虫病流行，危害上亿农民。从事传染病、流行病研究的华西老教授率队深入田野调查，脚踩两腿稀泥，与学生一起挖钉螺，研究血吸虫宿主，为全国消灭血吸虫病做出了重要贡献。

2003年春的非典型肺炎（简称非典）疫情，2008年的汶川地震，后来的芦山地震、九寨沟地震……紧急集合，实战接着实战，哪里最危险，华西医疗队的旗帜就在哪里飘扬！

我就是旗帜下的一员，ICU是与死神争夺生命的最后阵地。这次出征武汉，我特别有信心。

第二章

"哨兵",大睁着警惕的眼睛

在雁群栖息时，总有几只雁在"放哨"，一旦发现异常情况，便发出鸣叫，唤醒同伴一冲飞天，逃离险境。再看几千年来人类的战争史，只要有军队驻扎，就有哨兵。

"哨兵"，从生物进化到人类战争都非常重要。

1985年6月初，成都市第三人民医院急诊室的主治医生詹红英对突然出现的"怪病"一追到底，揭开了惊天大案：两名不法分子贩卖工业酒精勾兑的白酒，毒死了19位老人和1名优秀的检察官！

此案震惊了全国。幸亏詹红英拉响了警报，因为办丧事的几家人，熬夜守灵时还在继续喝那些毒酒。若不及时查办，死亡人数绝不止20个！詹红英毕业于华西医科大学临床医学系。采访"毒酒案"时，她对我说：医生，要具有"哨兵"那样警惕的眼睛。

面对新冠肺炎的突然袭击，华西医生始终大睁着警惕的眼睛。在华西医院的"新冠肺炎定点收治病房"，我有幸采访到了传染科主任冯萍教授。她作为拉响警报的"哨兵"，参与了四川省第一例新冠肺炎患者的诊断。她为我做了教科书般精细的讲解——

1月15日上午，我在省卫健委开会。接到我们传染科王医生的电话，她说，市一医院有一名发热病人，男性，34岁，某国企副总，月初曾去武汉开会，回到成都后发烧干咳，疑似新冠肺炎，想要转我们医院，行不行。我说，在确诊他患的是什么病之前，绝对不能动。半夜，确诊为新冠肺炎。这是四川省发现的第一例新冠肺炎患者。

1月17日上午，省卫健委组织我们几位专家进行会诊。从1月17日开始，整个华西医院的气氛骤然紧张起来。医院感染管理部针对全院护理人员、发热门诊医护人员、设备物资部配送员及志愿者、保洁、保安、电梯班工作人员等进行了17场培训，对发热门诊的医护人员开展了4次专场培训。

1月22日，我随李为民院长去广安会诊，同行的有呼吸科、ICU和心血管科的医生。这是一名从武汉回乡的患者，病情较重。我作为传染病临床医生，经历过抗击非典、禽流感、猪链球菌等大小战役，这次疫情来势之猛，病毒的传染性之强，于我来说，前所未见。

紧接着，医院决定，对传染病病房进行大改建。10天之内，日夜赶工，改造完成了20间40个床位的负压隔离病房，为收治新冠肺炎危重患者做好准备。从省上到我们华西医院，形成了一个共识：四川要稳住，才能腾出医疗资源去支援湖北。华西医院这个大本营，是稳住四川的重中之重。

那段时间，最费脑筋的是设计医护人员的安全线路。由于是旧房改建，有一段5米长的通道，与患者的过道重叠，怎么也避不开。最后，不得不让医护人员在过通道时，穿上另外一层防护衣服，过完通道后，再脱下这层防护衣服，进入安全通道。

作为传染科医生，甚至要站在病毒、细菌的角度"换位思考"，要知道它们如何找到"百密一疏"之处，突出重围搞破坏，我们才能应对它们的传播。

我担心的是我们医护人员的防护服型号不合体、口罩大小不合适，会露出破绽，对于不能密合的部分，贴上胶条，进行弥补。我发现查房时用的记录本，在病房使用后，拿出病房都要消毒，消毒后的纸张字迹模糊，既麻烦还可能出现漏洞。考虑到微信传输信息的安全性及方便性，经过商议，申请医院给病房配备一部专用手机，医生将查房的内容通过语音告诉在办公室进行病历记录及医嘱处理的人员，这样既安全又稳妥，还及时。

省卫健委指示，我们华西医院要成为全省新冠肺炎重症患者的收治医院。我们医院收治了14名患者，全部康复出院。而我们做得最多的工作是筛查疑似患者，工作量很大，也很危险。

印象比较深的是一个被我"抓回来"的病人。

他姓王，31岁，男性，来自武汉，2月24日入我科，两天测出两次阳性，当时我科只作为筛查病房，便将他转入市某医院治疗。转过去后，该医院查核酸为阴性，还发热，体温38.5℃，就叫他出院。出院后，他再次来我院门诊就诊。我那天正好通过系统查看已经出院的患者的情况，发现他有CT（计算机层析成像）检查申请。我很疑惑：是他已经好了吗？不可能那么快！是他不愿意住那家医院吗？也不可能。因为这是传染病，需要强制管理。于是我主动打电话给他，他没有接，我发了一个短信，做了自我介绍。他回电话说，在门诊等待再次检查。

那是一个阴冷的上午，平时人头攒动、拥挤不堪的医院，空荡荡的。他独自一人，站在寒风嗖嗖的门外，因为发烧，两颊潮红，实在可怜。我开了一张治疗肺炎的处方单给他，同时告诉他，如果下午体温不退，一定要再去发热门诊就诊，请他们开入院证住院治疗并告诉发热门诊医生，是冯主任同意收他的。结果下午再次查核酸为阳性，肺部炎症加重，收入院后，得到及时治疗，最后治愈出院。

我初入医学院时，就听说华西老教授带领学生做田野调查，踩在烂泥中，教学生挖钉螺，并指出"小小钉螺是血吸虫寄主"，一个也不能放过。一个壮劳力害上了血吸虫病，全家的顶梁柱就倒了，一个小钉螺会酿成一家人的悲剧。华西的老前辈，在战胜危害中国上千年的血吸虫病、钩端螺旋体病等流行病方面，立下了大功劳。作为后辈，我们又不断面临新的病害、新的难题、新的挑战。

为什么我对小王那么关注？我永远记得，2003年3月，在非典疫情肆虐的日子里，一位从北京回到宜宾的小伙子，发着高烧，却被挡在村外，乡亲们不准他进村，就连他的妈妈，也在离他十几米的地方朝着他又是哭又是喊："儿啊，不是娘心肠硬，是害怕你把病传染给大家啊！娘也莫得办法了！实在莫得办法了！娘就在路边那块大石头下面，给你压着几百块钱。拿着这笔钱，哪个地方要你，你就去哪里吧。儿啊，儿啊，莫怪你妈！……"

结果，小伙子从宜宾来到华西医院，我们治好了他。

我想，无论是武汉的小王，还是宜宾的小伙子，决不能让他们四处流落。一个人患病是他本人的不幸，如果不能得到及时救治，传播开来，就会变成一个家庭、一个村庄，甚至一座城市的悲剧！

再说说这次抗疫。从湖北红安来成都的一家人，5人感染新冠肺炎，3人入住我科。姓杨的小伙子那绝望的眼神，真是悲伤至极。我作为老医生，理解他的处境，更懂得心理状况与免疫力的关系。因此，我们除了药物治疗，更多地加以心理疏导。最后3人都好转出院。小杨含着泪对我说："当时，一家人精神都崩溃了。你们给了我特效药，那就是'信心'！"

    2020年，在抗疫这场世界大战中，全世界都看到了我们国家综合国力的提升和众志成城的精神。12月初，成都郫都区发生疫情，成都再次拉响疫情警报。为此，我问忙碌的冯主任有什么新情况。多次相约后，12月10日深夜，她平静地回答了我——

对疫情的反扑，华西严阵以待，做好了一切准备！

    随着抗疫的深入，"院感"一词出现得越来越频繁。"院感"是"医院感染"的简称，又称"院内感染"，指的是病人在住院期间或接受医疗操作期间发生的感染。对院感的防控，是此次救治新冠肺炎患者的重要环节。

几年前，《瞭望东方周刊》等权威报刊就提及，虽然全国各级医院数目众多，但真正具备院感防控能力、拥有相关专业人才、设有对应科室，并能切实行使其职能的医院只有10家左右。在华西医院，医院感染管理部早已是有效开展工作的重要科室。

　　1月25日，华西医院医院感染管理部乔甫科长，作为国家卫健委派出的专家，第一个由四川走进武汉，在武汉紧张工作了74天。5月1日至10日，他又赴西藏拉萨和边防口岸指导防疫工作。7月23日，国家卫健委第三次派他赴新疆指导抗疫。在新疆，他通过电话接受了我的采访——

　　大年初一早上，我拖着装着简单行李的拉杆箱上路了。我搭乘的是成都到武汉的动车，由于武汉封城，其他旅客在离武汉还有200多公里的荆州就下车了，动车载着我驶向武汉。

　　坦荡如砥的江汉平原，在车窗外闪过。公路上人迹罕见，若不是看到那些张灯结彩的农家院，早把春节给忘掉了。

　　进入市区，我看见"中国加油！""武汉加油！"的霓虹灯光在江边闪烁。穿过一条条空无一人的大街，走过一家家大门紧闭的商店，盏盏街灯下没有人影，栋栋写字楼黑灯瞎火，曾经热闹非凡的"九省通衢"，呈现出一派凄神寒骨的冷寂，令我忐忑不安。

　　前期，我主要在中南医院会同该院的专家，负责成立感控小组、进行感控培训、制定驻地感控措施、优化三区布局及督导穿脱防护用品、指导清洁消毒等工作。这些工作很细碎，劳力又劳心。

　　这时，我想起有人说过，院感医生都得了"手足口病"。这本来是一种小儿病，而对于我们来说，就是手不停、脚不住，嘴巴还要不停地说。这种"手足口病"是院感医生的"职业病"。

　　2月8日，我又去了雷神山医院，这座医院有2个重症病区、3个亚重症病区及27个普通病区，有1500个床位。我要对雷神山医院的感染控制流程进行设计，还要培训全国各地医疗队的院感组工作人员，使其掌握基本的新冠肺炎防控知识和院感防控知识、技能，还要制定《雷神山医院感染控制手册》和职业暴露等应急预案，给医疗队使用个人防护用品提供正确的指引，对进驻的每一个医疗队、工勤人员进行现场培训和指导。同时，要建立医疗队感染监测体系，及时了解其是否出现发热等症状以便采取应急措施。

感控小组成立后，立即对驻地酒店进行实地检查。需要调查酒店的各种情况，包括：房间布局（考虑如何进行相对的洁污分区），空调情况（是否为中央空调、能否开启），清洁消毒措施和设备（是否有统一的日常清洁消毒，清洁消毒的毛巾、拖把、洗涤液、消毒液、洗衣机、布草如何更换等），餐厅布局（座位是否密集、是否有洗手设施），饮食卫生保障措施（是否为固定健康人员、餐具如何准备和清洗消毒），等等。

如果说为疫情拉响警报的是"哨兵"的话，院感医生则不仅是"哨兵"，还是最有耐心的"交警"。他们要监督医护人员做好自我防护，引导病人遵守规定，堵塞可能出现的漏洞，消除最难察觉到的隐患，永远大睁着警惕的眼睛。

千般提防，万倍小心，因为病毒是凶恶的，还是看不见的。

我在上培训课时，讲授到一些典型案例，比如：

2019年4月25日，广东某县医院突发"院感"，造成至少3名新生婴儿死亡，震惊一时。经调查，这是一起由肠道病毒（埃可病毒11型）引起的院内感染事件。该事件是由于医院管理工作松懈，医院感染防控规章制度不健全、不落实，新生儿科医院感染监测缺失，未按规定报告医院感染等问题造成的一起严重医疗事故。

没想到，在全国人民抗击新冠肺炎的攻坚战中，黑龙江传出了"1传81"的院感暴发新闻。

事故发生在哈尔滨市某医院，确诊患者（当时未确诊）的陪护经常在走廊休闲区扎堆唠嗑。唠嗑没有被及时阻止，这个休闲区离护士站很近，8名医护人员先后被感染，来源就在此；加之确诊患者需要进行大型辅助设备检查，因此离开过病区，对其他地方也造成污染；还有医院公共服务设施，比如开水间、密闭空间的电梯等，都存在着隐患。为了迅速扼制"1传81"之后的再传染，2000多人被隔离，一座医院被关闭，相关领导受处分，让人追悔莫及！

我在武汉工作了74天，最早去，最后回来。回来后，又去了西藏10天。7月23日，我又被国家卫健委派往新疆。

早期，新疆新冠肺炎新发病例连续149天报告为0，这让国家卫健委挺放心。7月15日，乌鲁木齐开始出现多例本土新增病例。截至7月28日24时，新疆确诊病例322例。

新疆地处中国与西亚沟通的要道，疫情不仅关系着各族人民的生命安全，还关系着西亚各国人民的生命安全。国家卫健委下令，一定要牢牢守住新疆，尽快围歼病毒。

由于新疆土地辽阔，城市之间距离遥远。漫长的行程，我始终盯着那最危险的敌人，一刻也不敢懈怠。

在这多灾多难的2020年，我经常回忆起，大年初一那天，我一个人乘一列车到武汉。这是国家卫健委通过国家铁路局专门为我开的绿灯——我感到，我的责任太重大了！

列车东行。看窗外，大江流水，滚滚东去。

长江在荆州段，江面高出地面好几米，被称为"荆江悬河"。有一长长的大堤，阻挡着江流。年年岁岁，它坚守在那里，不给洪水有任何可乘之机。

望着大堤，我想，感控医生做的全是看不见的工作，就像大堤，默默守护着亿万人的健康与平安。无院内感染，就是要通过艰苦努力获得的最佳成绩。我们的追求就是一个"0"！

第三章

外婆为我唱的歌：雄赳赳，气昂昂

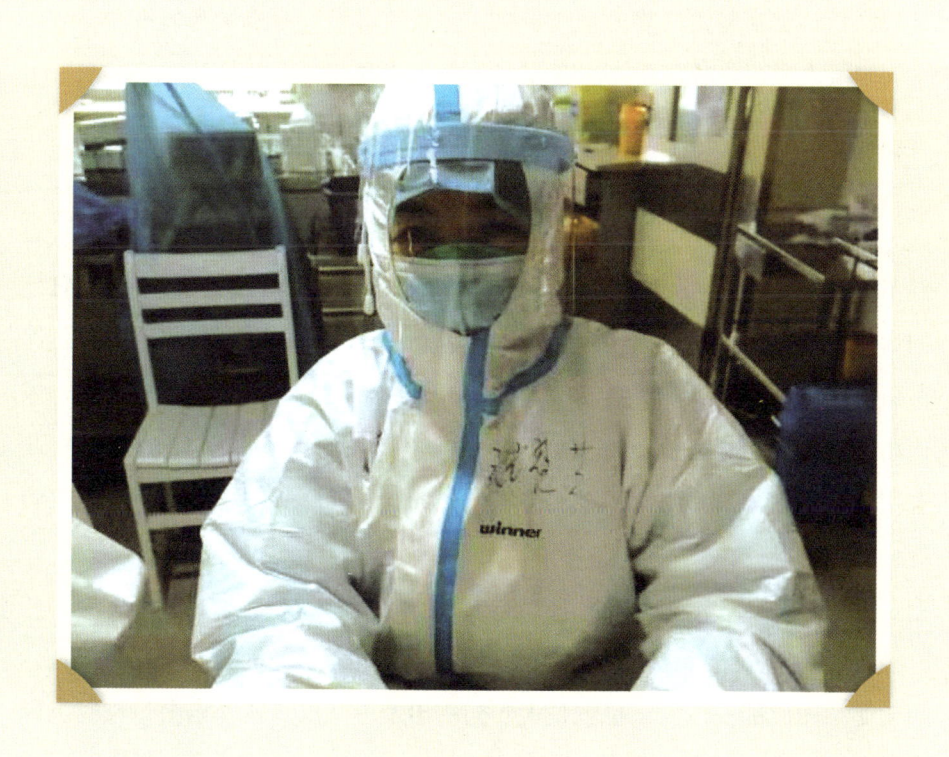

护理师张耀之是四川大学华西医院第一批援鄂医疗队成员。她在电话里摆起龙门阵来语速很快，却表达清晰。看她发来的照片，柳眉杏眼，年轻靓丽，一身川妹子的灵秀之气。当她微笑着站在病人面前时，病人也会精神一振：啊，这是天使！

腊月二十九那天，我老公开车，一家人欢天喜地地回老家达州宣汉过春节。我的两个娃儿，尤其是6岁的儿子轩轩兴奋得不得了。因为成都这样的大城市，一到春节，大街空荡荡的，没有一点年味，而越是边远乡镇越保留着古老传统：舞狮子耍龙灯的，敲锣打鼓放鞭炮的，烟火放到后半夜，大人小孩都乐翻了天，硬是好耍惨了！那才是真正的春节嘛！不满1岁的女儿也跟着哥哥兴奋，一路上跟着《小苹果》的音乐，胖胖的小手手不停地比画着，好像是准备在一大家人团聚时表演个节目。

一切，在电话铃响了之后改变了。

刚下高速公路，我接到办公室电话，我被选为第一批援鄂医疗队成员，明天必须回成都，后天，也就是大年初一出发去武汉。我和老公，顿时沉默无语。

10天前，当医院准备组织赴武汉医疗队时，我毫不犹豫地写了请战书并按上了鲜红的指印。我想，我年纪轻，身体好，有十几年护理经验，组织上肯定会选派我这样的人。但是，一直到离开成都，都没有一点动静，所以，我们就驱车300多公里，准备在老家过春节。

老公说："初一出发——不晓得疫情有好严重！"

我说："初一出发——不晓得武汉的医院好缺人手！"

我们决定，到了外婆家，提前吃团圆饭，住一晚就返回成都。

我是外婆一手带大的，对她特别有感情。当舅舅、姨妈和他们的娃娃一拥而上，把我们一家四口簇拥到外婆面前时，她老人家笑得合不拢嘴，她叫着我的小名娇娇，抚摸着轩轩的红脸蛋，抱了抱我的女儿，完全陶醉在幸福之中了。

她说："娇娇啊，好久没回来过了，这回要多耍几天。"

我实在不忍心让外婆失望，但又不得不告诉她："刚刚接到通知，我要去武汉。"

外婆一愣："刚刚来，又要走？"

爸爸替我解释说："武汉暴发了疫情，很严重。国家组织了医疗队，要派我们娇娇去武汉，抢救那些病人。"

张耀之和她的外婆

外婆深明大义，一说到"国家有事"，她就什么话也没有说了。我马上安慰她说："以后，我年年回来看您，多陪陪您老人家。"

我晓得，我是外婆的打心锤锤儿、心肝把把儿。外婆向邻里炫耀说：

"我们家的娇娇，在成都最有名的华西医院工作。"我跟她坐一桌，不停地给她夹菜，孙儿孙女轮流给她敬酒，她脸颊放红光，不停地笑着。一顿热热闹闹的团圆饭，吃得大家都开心。

第二天，我们向她告别。舅舅、姨妈问她有啥子话要说。她竟然说，她想唱一支歌。我挺吃惊，外婆要用歌声向我告别？满院子老老少少都为她鼓掌。

她一开口，就大声唱起来："雄赳赳，气昂昂，跨过鸭绿江。保和平，卫祖国，就是保家乡……"

90多岁的外婆，沉浸在回忆中。宣汉地处大巴山中，是川陕革命老区，曾走出多少英勇的红军、解放军、志愿军。当外婆还是小丫头时，她就唱过《送郎当红军》；当上乡妇联主任，在送别本乡那些光荣参军的小伙子时，她唱过《中国人民志愿军军歌》。那是她的"激情燃烧"的岁月。她大声唱着，我们给她打拍子，因为年代久远，她唱得有些跑调，但歌词完全唱对了。

"雄赳赳，气昂昂"，大年初一，我跟着以罗凤鸣主任为队长的医疗队来到武汉，休整并学习了一天规程之后，就与武汉红十字会医院的医护人员会合了。

武汉红十字会医院的战友们说了一句："援军，终于到了！"个个泪流满面。

他们没日没夜地工作十几天了，有的倒下了，能扛得住的没几个人了。13楼护士长的爸爸妈妈都被感染了，她却无法离开岗位去照顾亲人。没两天，她的父亲，刚60岁吧，被送进ICU，罗主任亲自参加抢救也没有救过来，护士长痛哭失声。她这一哭，罗主任和我们都流泪了——干我们这一行就是这样，抢救过无数病人，而对自己最亲的亲人却常常无暇顾及！罗主任说出了我们共同的心声："深感愧疚！"

我们接管了两个普通病房和一个重症病房，几乎要被新冠病毒攻陷的阵地，又筑起一道坚固的防御墙，随即开始反攻。

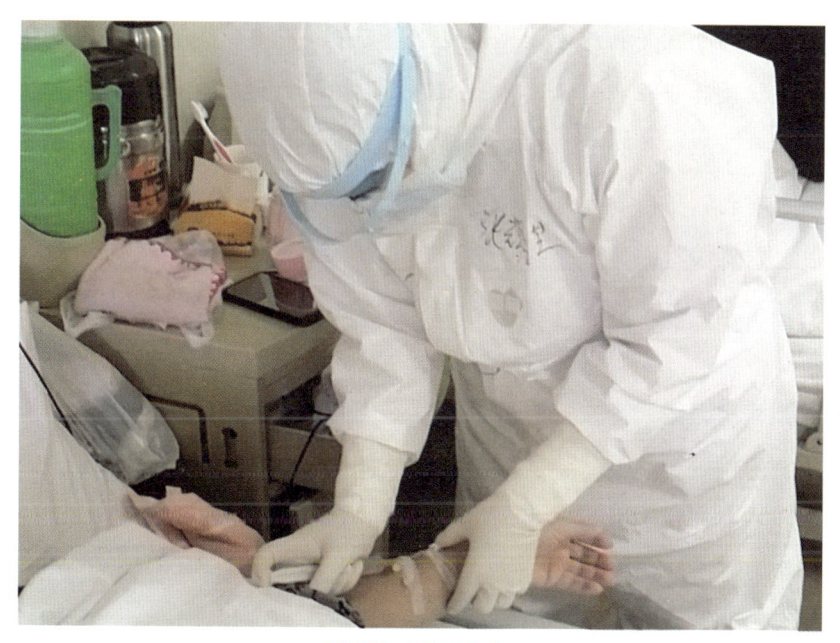

张耀之在护理患者

在那些忙得昏天黑地的日子，回到宾馆，与家人视频，总是最开心的时刻。我问到外婆，爸爸支支吾吾，说外婆身体不太好。哪晓得，我耳朵尖，听到妈妈在打招呼：不要给娇娇说外婆的事哈。我立刻意识到，外婆已经走了！

在我的追问下，爸爸终于说，自从我们小家四口人一走，春节的大团圆一下就散了，儿孙绕膝的热闹场面瞬间消失。外婆面对空空的老屋，有说不出的难过，干脆就钻进被窝里睡大觉——我相信，外婆是在想我，想她最疼爱的外孙女——这一睡，就再也没有醒来。

在宾馆里，我开了个"一个人的追悼会"，对着外婆的遗像，用"心语"向她致悼词：

对不起，外婆，我再也不能照顾您了，不能为您捶背为您洗脚陪您说话了。外婆，我多想抱抱您，就像小时候您抱我一样，我也多想带两个孩子让您享受天伦之乐。可是，外婆，您走了，我却不能送您最后一程，甚至因为太忙都没有给您打视频电话。我亲爱的外婆，请原谅外孙女，我要继续战斗，我要和同伴们继续并肩跟病毒抗争……

亲爱的外婆，每当我困倦时，每当我情绪低落时，我会打开手机，一遍遍看您最后为我唱那一首歌……

回到病房，第一个来安慰我的是罗主任。护理团队的护士长冯梅老师也来安慰我。她眼含热泪，给我一个紧紧的拥抱，她要说的话，都在这一抱之中，让我身心都感到温暖。

手机上，全是慰问我的话语："家中需不需要我们帮助？""达州那边我有朋友，你老家有事尽管吩咐！""耀之，一定要挺住！""有啥困难，直说。别客气！"

罗主任说："张耀之，我们商量过了，给你几天假，你休息几天，调节一下。"

我说："我不用休息了。我走的时候，外婆等于是跟我告别了。她什么话都没说，几十年没唱过歌，就唱了一首《中国人民志愿军军歌》。外婆就是要我像当年跨过鸭绿江的志愿军战士那样，'雄赳赳，气昂昂'，勇往直前，决不后退！"

第四章

罗凤鸣，率领着一支"铁军"

朱仕超医生的战"疫"日记配上沙画，在央视播出后反响很大。我和他在电话中讨论，华西医院援鄂医疗队为什么会被网友称为"王炸"？

　　原来，在2019年11月10日公布的中国医院排行榜中，前三名仍然是中国医学科学院北京协和医院、四川大学华西医院和中国人民解放军总医院。这已是三家医院连续十年雄霸综合排名前三位了。

　　华西医院先后派出了以罗凤鸣、刘丹、康焰为队长的三批援鄂医疗队，以战绩证实了"王炸"的效果。

　　我请朱医生"画一画"罗凤鸣队长的肖像，他爽快地答应了。他画完了"速写"之后，让我再去找冯梅护士长谈一谈，会收集到更多的赴武汉抗疫的精彩故事。

　　他先给我讲了关于罗凤鸣队长的故事——

　　罗主任多次在央视亮相。你们都看到了，他一头灰色浓发，是标志性的"学者灰"，加上大眼镜，高高的鼻子，看上去很有风度。

　　他是华西医院呼吸内科副主任、博士生导师，曾赴美国进修，2017年春节前夕参加中国医疗队赴圣多美和普林西比民主共和国执行"医疗援非"，圆满完成了任务。他有着丰富的临床经验、广阔的国际视野、刻苦的钻研精神、宽厚的待人作风，在华西医院的口碑相当好，在人才济济的华西，他已成为呼吸内科的中坚。

罗主任实在是太忙了！2020年1月23日，腊月二十九，他受国家卫健委指派，作为专家组成员奔赴南宁检查指导广西的新冠肺炎疫情防控工作。大年三十回到成都，想到前一天出差没有查房，他放心不下，又去看望了自己医治的重症病人。还未走出病房，他就接到了通知：明天率队驰援武汉。

当晚，他和家人一起吃年夜饭，一家人对他将奔赴武汉相当理解和支持。深夜，他忽然说："糟了，糟了，忘记了一件'大事'！"一问，他才说，每年春节，都要煮好切好香肠腊肉，给值班的同志们端去。今年，竟把这"大事"搞忘了！

1月25日，罗主任带领我们第一批援鄂医疗队到达武汉，任务是支援距华南海鲜市场约两公里的武汉红十字会医院。

该院是在1月23日才被指定为武汉市首批新冠肺炎定点医院的，一天以内，全院400个床位收治的都是新冠肺炎患者，任务太重，来得突然，准备不足完全可以理解。

医院住院部门口，堆着小山一样的废纸板，垃圾随处可见。

这就是医院现状：保洁、保安、食堂工人全走光了；医院里只有医生、护士、病人。

就在前一天，没有欢声笑语的除夕之夜，才叫凄惶。医生护士连盒饭都吃不上，只有啃干面包、泡方便面，令人心酸！

由于疫情来势凶猛，猝不及防，病人暴增，当时武汉已经有很多医护人员感染了。在武汉红十字会医院坚守的医护人员，连日苦战，已经疲惫不堪。见面会上，院长两次向我们鞠躬，哽咽着致欢迎词，给了我们每个队员极大的触动——这一战，非胜不可！

我们赴武汉前线的第一战，即将打响。

接下来，我和湖南电视台的摄制组一起采访冯梅。

孙导演快人快语："华西的帅哥靓妹太多了。你们看看这个冯梅吧，上电影电视，演个优秀的护士长，完全不用试镜。"

有一种说法是"面由心生"。心怀大爱的冯梅，一看就是那种心慈面善、脾气忒好、聪慧可爱、身怀绝技的华西护士。20世纪50年代，有一首描写白衣天使的诗，其中有几句很传神："我没有看清你的面容，我只看见——一朵白云，两颗星星。"

我相信，在病人眼中，"一朵白云"就是蕴含着生命甘露的白云，"两颗星星"就是在漆黑的天幕中闪烁的希望之星。

冯梅开始讲她的抗疫故事——

我作为护士长，参加了在小会议室的工作协调会。

我对武汉红十字会医院护理部的代理主任（因为主任已经感染住院了）说："我们去病房看看现场吧？"

代理主任说："这么多人去病房，太浪费防护服了。刚才院长不是说了吗，今晚用的防护服在哪里，他都不清楚。"

我说："那就去清洁区办公室，去看看就行。"

代理主任无可奈何地看了我一眼，低声说："病房全是污染区！全院只有五楼是清洁区，医护人员都在五楼换衣服。"

我又提出："我跟护士长交接一下，怎么样？"

代理主任说："护士长有点不舒服，做CT去了。"

后来护士长也疑似感染，居家隔离了两周我们才见到面。

我深知，教授专家纵有天大本事，没有一个能干的护士长带领护士去执行医嘱，一切皆空。

我像挨了当头一棒——从报名到出发再到抵达武汉，我都没有紧张过，这时却开始紧张了。病房里怎么样？到底是个什么局面？我们要怎样开展工作？……我不知道是什么时候摘掉帽子的，不知道是怎么回到小伙伴们身边的。当小伙伴们问："冯老师，你怎么了？脸色不好看啊。"我回过神来，我不能慌，我如果慌了，小伙伴们岂不是更慌，现在我就是他们的主心骨，我要稳住！

再看罗主任，他神态自若，真有大将风度。

我心想，有罗主任这根顶梁柱撑着，怕什么？

等武汉红十字会医院介绍了情况，并宣布由华西医院、武汉红十字会医院与另外一个省派来的医护人员混编成值班队伍之后，大家都盼望着罗凤鸣——全国著名的呼吸科专家——来一段精彩的开场白。结果呢？

罗主任说："我只讲三句话。第一，不管你们哪一位曾担任什么职务，都将按需要重新安排工作，必须服从我的领导；不愿意服从的，现在就可以走人。第二，人人都要严格按防止院感规定，做好自我保护工作。"

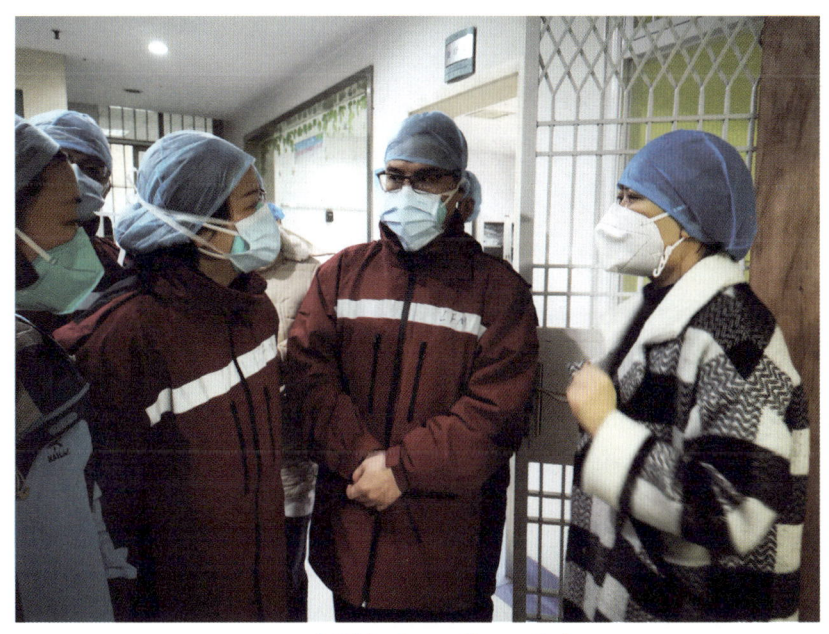

罗凤鸣教授正在和医护人员协商

最后，罗主任提高了声调："第三，遇到困难，找我！"

三句话，字字铿锵！

我们进入武汉红十字会医院后，当即成立临时"新冠肺炎感染科"，托管30名患者。27日，接管13楼全部病房；30日，接管和重建了重症病房。

罗主任把医疗队队员分成三组，除了打针、输液、管道护理、血糖监测等常规工作，还要帮助病人发放盒饭，协助生活不能自理的病人进食进饮，对病人做健康宣教和心理疏导，事无巨细地使每一个病人得到充分的服务。这样细致的安排，苦了医护人员——为了节省防护服，在五个多小时里不能喝水，因为喝水和上厕所都得换装。

朱仕超和三名感控医生组成了四人感控小组，铺开医院平面图，如同铺开一张军用作战地图。经与罗主任和医院商议，他们立即在地图上画出了几个区域：哪里是医护人员安全通道，哪里是清洁区，哪里是潜在污染区和污染区，分别隔开。修建三区两通道好比是修筑战壕，降低了医护人员穿脱防护服暴露时被病毒偷袭的风险。病房的设置，如何相对孤立，以防止交叉感染，很快就按"作战地图"上的标示安排得清清楚楚。

接着，我们开始协助优化病房的清洁消毒管理措施及门诊收治发热患者的流程，还制定了医疗队驻地感染控制措施和感染应急控制措施。

我们华西医院和武汉红十字会医院，专业不同，医疗思路不同，为了避免救治个案中产生分歧，影响救治，于是由罗主任牵头，由我院王业、尹万红、刘焱斌、王博执笔，紧急撰写了《四川医疗队—协和武汉红十字会医院病人诊治流程（试行）》。这本《诊治流程》凝结了医治新冠肺炎的宝贵经验，不仅对华西第二批、第三批援鄂医疗队有参考价值，也为传染病学有关教科书提供了新经验、新内容。

在这初战的20天内，一系列"措施"与"流程"的建立，巩固了阵地，极大地提升了战斗力，治愈数不断增加。截至2月16日，已经达到138人。最关键的是，我们解决了氧气供应的问题。

罗主任是呼吸科专家，对氧气有着职业的敏感。

一个人，不吃饭，可以扛十天；不喝水，可以扛两天；不呼吸空气，扛不过五分钟。新冠病毒为什么厉害，因为它钻进肺里搞破坏，等于在肺中浇灌水泥，要扼死病人的呼吸道。所有的死者，从CT片子上看，都成了"白肺"。这是很恐怖的事。输氧与吸氧，是从死神的铁爪中争夺生命的关键。

华西医疗队一到武汉红十字会医院，就剑指中心氧压过低、氧量不足这一"命门"。由于这座医院之前是一家综合性的二级医院，铺设的氧气管道只能满足100多名病人平常状态的吸氧量。疫情暴发后，就诊患者骤增，单日最高门诊量暴涨到2400人次，有的患者还需增加氧气浓度，原有的供氧系统无法满足患者的治疗需求。氧压低的那段时间，150斤左右的氧气钢瓶，基本靠医护人员在各个楼层、病区搬运。

罗主任决定采用"传统高流量+面罩钢瓶供氧"或"无创呼吸机+鼻导管钢瓶供氧"的方式。搬运氧气钢瓶，真是回到20年前"重操旧业"。新建的医院都是管道输气，只有老式医院才用钢瓶供氧。危急时刻，管道供氧不足，"土办法"补充效果很好，病人血液中的氧饱和度明显上升。只是，这样做，要大量使用氧气钢瓶。送钢瓶、收钢瓶劳动强度大，人手确实紧张。钢瓶一送来，罗主任就带头参加"滚钢瓶"。

在进驻武汉红十字会医院的第三天，罗主任曾发生过一次心悸，眩晕，想呕吐。他不得不中止查房，到清洁区去，脱下防护服，喘了一阵才缓过来。这以后，我一直叮嘱他，一定要注意休息。结果，他一连工作了57天，一天也没有休息。

有一天上午，他说心悸，有窒息的感觉，想回宾馆去休息一会儿。我就说："你快去吧！"他一走，我忙了一个上午，到了中午，想问问他休息得怎么样。结果，电话无人接，让我一下子紧张起来。我问宾馆服务台，回答说罗主任的房间没有人，他压根儿没有回去过！问了医疗队所有的人，都不晓得他去哪儿了。我真担心，要是他劳累过度倒下了，谁撑得起这个病区？就在大家都心急火燎的时候，有人说，罗主任在14楼查房。原来，他根本没有回去休息，让大家虚惊一场。

罗凤鸣教授在看片诊疗

罗主任说："遇到困难，找我！"可往往是，遇到困难，还没去找他，他已经闻风而来了。

刚到武汉那几天，因为物资不足，我们常常是手里有啥就用啥。一个危重患者血氧饱和度不断下降，急需安置无创呼吸机。当时使用的那种呼吸机面罩是带有平台阀的，出气端口对着我们。我就和罗主任一左一右配合行动，在患者床头协助手法开放气道和手动固定面罩。呼吸机运转着，患者呼出的气就喷在我们的面部，这是相当危险的。这事过后，我立即梳理了库房物资，联系华西医院，请求配送不带平台阀的呼吸机面罩，减少救治过程中医护人员被感染的概率。

罗主任每天都要在他管辖的病区走一遍，解决棘手的问题，没日没夜地工作着。不到两个月，"学者灰"在迅速消失，头发白了许多。我们看着他深陷的眼眶以及因为防护用品紧压导致的紫红色鼻梁，提醒他适度休息。他却很风趣地说："怪我的鼻子太挺了。"

朱仕超说过，如果要给罗主任画像，就画他抱钢瓶、滚钢瓶。150斤左右重的氧气钢瓶，滚动起来并不轻松。他是在用行动号召大家——争分夺秒，哪怕早半分钟把氧气输送给病人，对于挽救生命，也非常重要！

罗主任带头滚钢瓶，往前冲，就是"王炸"！

在武汉红十字会医院，护理部的代理主任跟我说，他们医院的护士排班让她很为难，和我们华西合作的护士，都不愿意调走，因为在她们看来，与我们的合作，更像是一次进修。

其实，学习是相互的，武汉一线的医护人员常常让我们感动不已。

我们到达前，苏洁护士长一直坚守在第一线，因疑似感染，居家隔离了两周，依然通过微信联络关注病房。隔离结束后，她立刻返回一线工作。她的父母均感染新冠肺炎在病房住院治疗，父亲因为基础疾病太重抢救无效去世。治疗中，我对她说："叔叔病情很重，你去多陪陪他老人家吧。"她说："冯老师，病房这么忙，我忙完了下班去陪。"父亲去世后，我劝她："你休息几天吧。"她说："我一休息，大家工作就会更多更忙。你们冒着生命危险来支援我们，我这一点困难可以克服，和大家一起，心里更踏实些。"

一连几天，我都不敢看苏洁护士长那红肿的眼睛，一和她面对面，我的心就特别痛。

不过，在武汉红十字会医院，也有让我们高兴的"喜庆节日"，就是那些患者出院的日子。

一名怀孕七个多月的准妈妈，为保胎住院，却感染了新冠肺炎。准妈妈每天以泪洗面，痛苦不堪。护士们每天安慰她，让她的焦虑情绪逐渐平稳下来。经过精心治疗，核酸检测终于二次阴性了，小两口高兴极了。当她挺着骄傲的大肚子向我们告别时，我们充满了自豪感，世界上，还有什么比救下两条鲜活的生命更神圣的事业呢？

一名50多岁的女性患者，头部大手术后感染新冠肺炎，完全没有生活自理能力。因为拒绝进食，她已经骨瘦如柴，奄奄一息。我们的护士就耐心地安慰她、开导她、鼓励她，让她慢慢开始进食，帮助她做康复训练，制止了四肢进一步萎缩的状况。每一天上班，大家首先关心的就是她吃饭没有。健康女神终于向她走来，病房关停定点的时候，她的核酸检测二次阴性，被转到康复医院，她用胜利的微笑，向我们表示，一定会站起来，走向幸福的明天。

一名40多岁的女性患者，因为安置呼吸机和镇静剂的影响，出现了谵妄的现象，心情烦躁，大小便失禁，常常刚给她换好床单和衣服，她又弄脏。见到医护人员就追问："老师，我会不会死啊？"我们分析了她产生谵妄的原因后，采取了非药物干预的方式，把她安置在离护士站最近的病房，加强对她的巡视和关心。渐渐地，她变得开朗了。经过一个多月的治疗，她终于痊愈出院了。看着她步态平稳地走出医院，真觉得我们的辛苦和付出是很值得的！

6床的阿姨最喜欢给我们拍照，她说："防护用具遮住了你们的笑脸，但是，你们温柔的眼神，鼓励的言语，比灵丹妙药还有用。"病房里经常听到患者给家里人打电话说："我的运气，真是太好了，是华西医疗队在给我治病！"

8月19日是中国医师节，武汉红十字会医院授予罗凤鸣主持抢救工作的发热八病区团队"战疫铁军医疗团队"的光荣称号。

这就是57个日日夜夜，华西医院第一批援鄂医疗队交出的答卷：

我们，属于铁军！

第五章

你给了我哭的时间吗？

刘丹，呼吸科主任，硕士生导师，才36岁，即挑起华西医院第二批援鄂医疗队队长的重担。她娇小玲珑，细眉秀眼，泼辣能干，被记者们当作"四川辣妹子"。其实她是天津人，在火锅与川菜之乡浸润了19年，说标准的普通话，语音已经没有了一点"天津味"了。

早已经听记者朋友说，采访刘丹很困难，好不容易跟她见上面，她几分钟就把人家"打发"了。

与她一见面，她先问我："是不是记者们觉得我架子大？"

我说："记者都希望被采访的人，一见面就口若悬河，精彩爆料，记下来稍加整理，就是好文章，多省事儿。但是，你所处的环境不同，时间不允许你娓娓道来。你这样'打发'记者，也是一种无奈。"

刘丹笑了，大概觉得我善解人意吧。

"这次抗疫，让呼吸科医生血性燃起！"

"血性燃起"四个字，很豪迈——记者们以为这话是我说的，其实是王辰院士说的。

在平时，呼吸科医生相比外科医生是温暾水，和风细雨，不疾不徐，而这次抗疫，呼吸科与危重病科室，首当其冲，被摆在尖刀班的位置。残酷的现实，让我们血性燃起，性格大变。

所谓"血性"，我理解就是敢于担当的精神。

原以为，我会是第一批去武汉的。后来，听人说，研究名单时，罗凤鸣书记考虑到我有两个娃娃，一个6岁，一个4岁，都太小，万一出现了状况，追悔莫及。罗书记成了第一批援鄂医疗队的队长。我猜想，他是担心我们经验不足，想给我们蹚出一条路子，这让我非常感动。组织上如此为我着想，我也向组织说明，我的老公在成都，我家和老公家，四个老人身体都很健康，一边带一个娃娃，没问题，请组织放心。

对于新冠肺炎，我内心没有恐惧感。因为，我跟李为民院长、冯萍主任一起，参加了四川省第一例患者的会诊。大年三十晚，我在急诊室又诊断了几例。1月29日，我被派到成都市公共卫生临床医疗中心支援抗疫，忙了四天。2月2日，我就飞到武汉，来到了武汉大学人民医院东院区，负责重症及危重症患者的救治工作。

如果问当时东院区的状况，简单说：缺人，缺物资！

缺人——医院流失了很多工人，要请临时工，1000元一天都没有人愿意干。病人做检查，需要车子推送，没有工人；病房卫生需要打扫，没有工人；偌大个病区，只有一位老师傅坚持下来了。令我吃惊的是，我到ICU去会诊，接触的第一个病人竟然是一名急诊科的护士。胃肠科的所有医生都被隔离了，只有一名在休假的医生幸免，立即回到病房顶着干。一名眼科护士调到ICU，从来没见过那么多危重病人，真是"日夜惊魂"，紧张得不行。我们的医疗队一到，什么都得干，从接手危重病人到守护病人，从做清洁卫生到运送氧气钢瓶。

缺物资——由于疫情发生突然，病人太多，医疗资源消耗殆尽，我们不得不去抢资源，抢氧流量、氧气罐。

人手少，更要尽快结束散乱与无序，快刀斩乱麻，按现有人力资源，重新整合。首先，我们建立了病区管理制度——包括疑难死亡病例讨论、交班轮班责任制度，成立呼吸治疗小组，每天评估患者呼吸支持方案，划分重症患者、危重症患者病区，提高管理效率。

到了第三天，医院要求，我们管辖的床位从30个扩展到80个！就像一位举重运动员，刚准备举起沉重的杠铃时，突然让你多加将近两倍的重量。困难可想而知。

临时改建的重症病房，缺少硬件。墙上虽有氧源，但没有给病人吸氧的装置，没有氧流量瓶，心电监护设备也不够。当时正开始建立方舱医院，收治轻症患者，而武汉大学人民医院东院区被定为收治重症患者的医院，专家组派了人，到不同社区和方舱医院里筛查重症患者。高峰时，一周收了十多名患者。两个病区有二三十名患者。

一方面，危重患者越来越多；另一方面，氧气严重不足。眼看着一个个患者血氧饱和度指标稳不住，呼吸急促，这边在喊我，那边在叫我，从早上到晚上，有时忙到深夜。透过防护镜，我看到一双双渴望活下来的悲伤绝望的眼睛。那悲伤绝望，就像一条无形的鞭子。我就像是被抽打的陀螺，只能不停地旋转。再忙再累，我心中都明白，这是我给自己定下的目标——去武汉，就是为了多救几条人命！再有，作为队长，我必须稳得起，哪怕别人说我"冰冷"。我双眼迷蒙，感觉眼里满含着泪水，但是，我不能哭！

上班时，看到武汉同行的劳累和背负的心理负担，我心痛得想流泪；看到危重病人没能抢救过来，连家人都见不上就与世长辞，我难过得想流泪；看到同事们疲倦得坐着或靠墙站着也想打个盹，我感动得想流泪……但是，分分秒秒都在跟新冠病毒争夺生命，我不能哭啊。

下班后，由于有时太晚，无法跟家人视频。有机会跟儿子女儿和老公视频的时候，得营造欢乐气氛，得笑，还得笑得自然亲切，让娃娃们不能有任何的心理负担。跟父母视频的时候，得轻描淡写，重复说早已打好腹稿的安慰的话："武汉的疫情，没有传说的那么厉害。我们只不过是换个地方上班，多加了一层防护服而已。你们放心好啦，我知道保护好自己。"视频过后，为保证明天有充沛精力，得马上睡觉，没有时间哭啊。

但是，我向李为民院长汇报工作的时候，突然间，泪水决堤，滔滔不绝。我哭诉："我要物资！我要人力支援！80张病床，收的全是危重病人，得要多少医生、多少护士？李院长，你算一算啊！"李院长一边听，一边记，还让我继续跟后勤的老师通气。反正，那天晚上，我痛痛快快地哭了一场，心头一下子轻松多了。

事后，我想，为什么会如此"狼狈"？因为，平时没有机会哭啊！你给了我哭的时间吗？

紧接着，医院通知我，国家卫健委主任马晓伟要来医院调研，听取汇报。有人提醒我，说话要注意分寸啊。我心想，面对领导，说客套话，浪费时间，说"形势大好"，绝不是我的风格。我必须说实话，把面临的问题说够说透，让决策者心中更有数。

在大会议室，开了一个人人戴口罩、间隔一米五的汇报会。

马主任和颜悦色，认真听我们汇报。我被安排"放第一炮"。

我一开口，便直奔主题："我们东院区的任务是收治危重病人，按ICU规定，重症医护床的匹配是1∶1∶3，就是一名病人，配一名医生、三名护士，这还不算传染病的要求。按照传染病要求的话，医生和护士的工作时间要缩短的。所以，80个床位，得有240名护士。目前看来，人力资源缺口太大……此外，医疗设备奇缺。呼吸机不够，只有一台。那些家用呼吸机，治疗打鼾的，派不上用场。我那一层的氧压最差，气管插管都不行，救人都救不起，让人心急如焚……"

当天晚上，马主任走了，医管局副局长焦雅辉又回来了。她要我再算一算需要多少张重症病床：200张？400张？600张？还是800张？如何配备医护人员。

第二天就听到好消息：华西医院第三批援鄂医疗队，130人，配备了多学科有丰富经验的医生和护士，加上医用气体工程师以及三台ECMO（中文名"埃可莫",即膜式氧合器,又称膜式人工肺,是一种能进行血气交换的一次性使用人工装置),将于2月7日飞抵武汉。

输氧问题很快得到解决,2月14日情人节那天是个转折点,转阴的患者大增。因为基础条件很快得到了改善,我们呼吸科的医生可以充分施展自己的才能,今天救活了一个,明天又抢救了两个。不少记者对华西医生赞赏有加,对此,我们自己也有非常清醒的认识。

张伟书记经常讲"扁鹊三兄弟"的故事,对我们启发很大。

扁鹊说:"大哥的医术最好,二哥排名第二,而我最差,却最有名。这是为什么呢?大哥主要是在病人的病情发作之前进行早期治疗,所以在大多数情况下,大哥的名气根本没有办法让很多人知道。二哥主要是在病人刚刚发作的时候施治,都认为是可以治愈的轻微小病,所以他的名气也不是很大。而我跟他们两个不同,我治病主要是在人们病情都极其严重的时候,很多人都可以看见我在经脉上放血,在皮肤上穿针,所以大家都认为我的医术最为高明,所以我名气很大。"

对照"扁鹊三兄弟",我认为,最大的功劳归于武汉封城,等于一下子隔断了新冠病毒扩散的机会。其次是迅速建立了方舱医院,应收尽收,把疑似病人中真正的患者筛查出来,隔离起来。而我们,是将已经染病严重的患者抢救过来,所以显得很突出。而若无前期的封城,将防治的"端口前移",没有方舱医院的筛查,染病的人会猛增,轻重患者汹涌而来,我们怎么也做不出成绩来。

由张书记的话,我想到了华西精神的传承。这种传承不是挂在口头上的,而是融入生活细节之中的。比如,李为民院长,行政工作已经非常烦冗,还坚持参加每周的读书汇报会,听学生们谈课题进展情况。肚子饿了,就叫一碗"车队面"(离医院很近的"网红面"),一边吃一边发表意见。这让人感觉得到前辈对后生暖彻心窝的关爱。前辈们时刻想到的是华西的发展、华西的明天、华西的未来。

前辈如此,我辈岂能懈怠?

第六章

悬崖上的生死搏斗

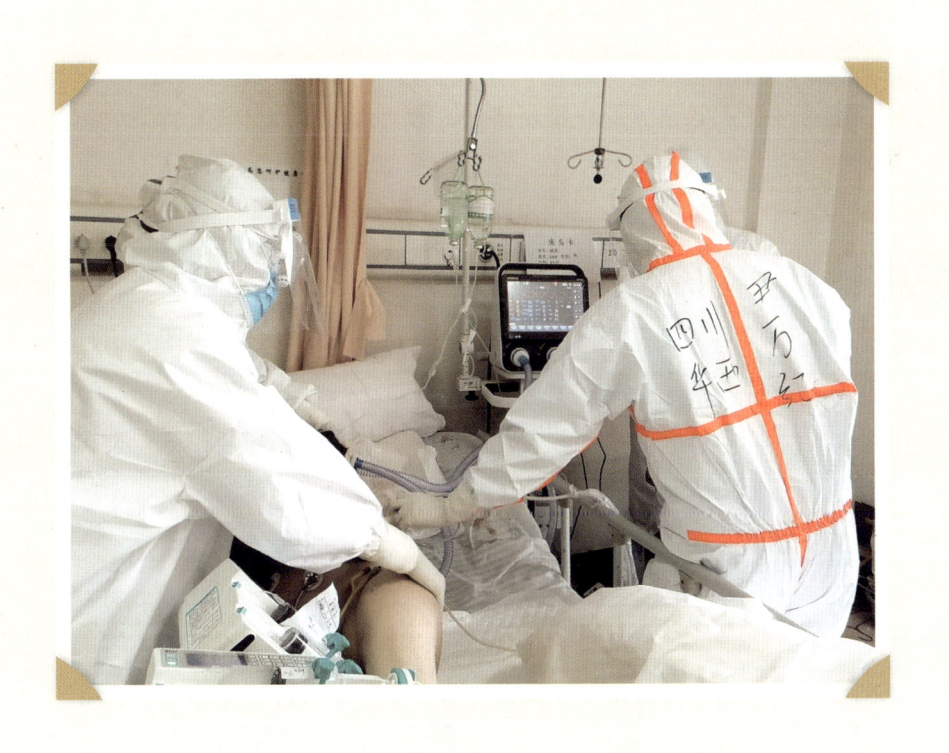

在2020年上半年最火爆的纪录片《中国医生》战疫版中，华西医院重症监护室尹万红教授的故事，给观众留下了很深的印象。

尹万红，又称"尹二哥""鸡血王子"。对内善于激励，对患者善于安抚。话语精练，极富感情，加之面容俊朗，举止洒脱，一位资深女记者细细研究了他的面像后惊叹："你们看，他笑起来有点像赵丹（早年的中国电影巨星）呢！"有一张漫画，让他在网上"吸粉"无数，遂成"百万少女的梦想"。又有记者调侃："据我了解，尹教授现年38岁，英年早婚，已有一8岁的可爱小女孩。"于是，"英年早婚"四个俏皮的字，让网上又是一片哗然。

尹万红带"尖刀小分队"已经有好多次了。从汶川地震、玉树地震、芦山地震到宜宾长宁的煤矿透水事故，他都是随着救护车的尖啸声，第一时间闪电出诊，奔赴第一线。一方面，"尖刀小分队"要迅速救治伤员；另一方面，要向后续的"大部队"提供宝贵经验。

听闻华西医院将派出医疗队驰援武汉，尹万红心里琢磨，这可能会是一场世界级的恶战。既然是战争，重症监护室就是与死神搏斗的高地。武汉的ICU谁去据守？康焰主任得坐镇大本营，因为对于疫情初期的大四川，华西的ICU非常重要，院领导暂时不会派他带队出征，肯定会先派出"尖刀小分队"试探疫情。尹万红，一贯是危难时刻显身手——果然，腊月二十九中午，他接到了通知，大年初一驰援武汉。

我早就预感到，第一批援鄂医疗队中，少不了我。我喜欢富有挑战性的抢救任务。每一次"临危受命"，对我都是锻炼与提高。比如，芦山地震那一次，我被派往雅安市人民医院。地震现场抢出的一个4岁多的小男孩，呼吸急促，喉梗阻，送到雅安情况都很严重了。我一看，情况不妙，决定马上把他转到成都，去华西医院手术治疗。从雅安到成都，有100多公里，这得冒很大的风险。我提前做了预案，做好准备。车一上高速公路，他的情况继续恶化，我当即决定，在车上给他插氧气管。在护理人员的帮助下，在狭窄的车厢里，我们给他插管成功，他憋得发青的小脸蛋儿又恢复了红润。后来，这个小男孩得救了。

但是，这次不一样！网上疯传，新冠病毒非常厉害，让患者"见风倒下一大片"。我的父母总是担心我，我撒谎说我要留守学校值班。腊月二十九那天，我陪他们购置好年货后，就找了一辆出租车，送他们回老家铜梁过年。后来，他们还是知道我去了武汉，每天就提心吊胆地盯着电视屏幕。说来也巧，一天晚上，新闻报道了一位以身殉职的医生，那位医生戴着口罩，只露着额头，模样像我。老两口吓惨了，给我打电话，我又没有接。那是因为我太疲倦了，睡得太死，电话铃声都没有把我闹醒。第二天，我一早去了医院上班。直到中午休息时，表妹才打通了我的电话，我听见爸爸妈妈在呼唤我的小名，声音怪怪的，不知是怎么回事。后来，表妹才说，爸爸妈妈听不到我的声音，想起那个以身殉职的医生，越想越怕，竟然一夜没合眼睛，背地里不知流了多少泪水！我的心，就像被揪了一下，痛极了。我想象得到，老两口对我的牵挂，那是日日夜夜、分分秒秒都不会放松的。他们的牵挂，让我感到亲情的力量，促使我在武汉加倍努力工作，一刻也不懈怠。

当时，武汉红十字会医院已经倒下了几十名医生护士，而病人仍然像潮水般涌来，走廊上挤满了病人和病人家属，不时传来哭号声。那情景，真是触目惊心！

我们"尖刀小分队"带了5名护士，按罗凤鸣队长的要求，接管了武汉红十字会医院的ICU。华西医院的宋志芳、武汉红十字会医院的万启晶任正副护士长。

跟以往的抢险救灾相比，此次抗疫，有着不同的体验和感受。

作为一名医生，带出了优秀的学生，出了科研成果，治好患者的病痛，都会感到自己的价值。这次，却完全不一样。我们面对的是人类从未遭遇过的凶顽的病毒；我们是抢救者，同时也是容易被病毒攻击、需要保护的对

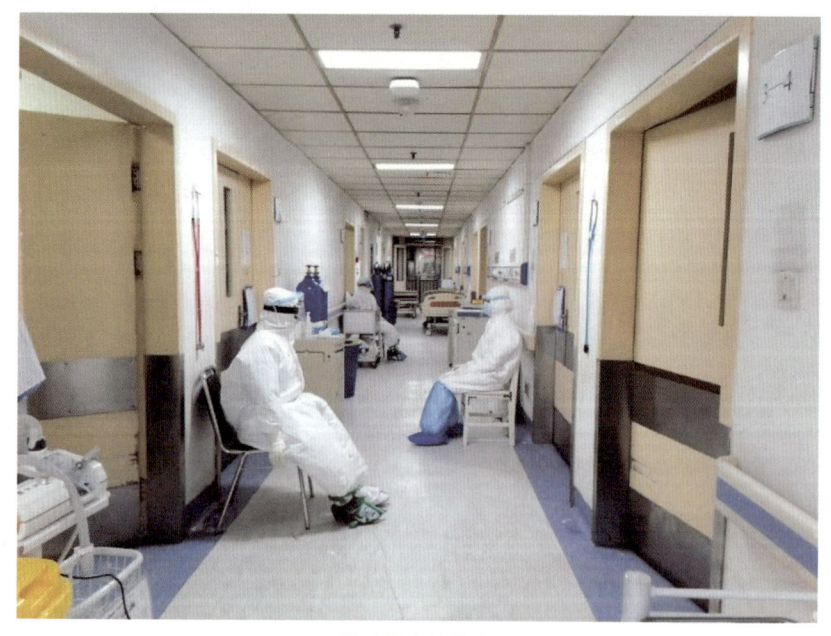

随时待命的护士

象。有人说这是"悬崖上的生死搏斗",稍有不慎,还未救人,自身已倒,还会祸及全队。挑战是空前的,我们辛勤工作的价值也是空前的,这肯定是一生难忘的经历。

众所周知,对付新冠病毒,没有特效药。所谓医疗,就是千方百计地让患者增强免疫力,把病毒扛下去。在我们的ICU,我印象深刻的有两位老人和一位年轻人,我就分别叫他们路爷爷、晨爷爷和阿J吧。

路爷爷已经80高龄了,刚接触他时,还能说笑,感觉他还能撑下去。可看CT片子,除了肺上"一片白",他还患有高血压、肾病,危在旦夕。果然,各个脏器的毛病,很快就暴露出来了。我感觉:我们就是他的肺,在帮助他一口一口地呼吸;我们就是他的肾,在帮助他一点一点地排毒;我们就是他的血液循环器官,甚至他的每次心跳都会影响到我们的心跳。在生命的跑道上,我们扶着他不行就背着他,背着他不行就抱着他往前走,最后想法拖着他,逃出死神的魔爪。我们明知希望渺茫,也要帮助他,硬扛下去。我们总想,或许有奇迹发生。我的手机24小时开机,哪怕回宾馆休息,也能随时了解到ICU每一位危重病人的状态。

3月10日那天晚上,我下班后步行回宾馆。大约20分钟的行走,是难得的放松时刻。突然,手机铃响了,手机屏幕上的"路爷爷走了"几个字,一下子就把我"凝固"在空荡荡的大街边上。我呆呆立在那里,回望医院,泪水止不住地往下淌。路爷爷走了,那位床头挂着各种吊瓶、身上插着多根管子的路爷爷走了。也许,这对他是解脱,但愿他一路走好!

看到消毒盒中路爷爷的手机,想起手机所形成的亲情、友情的网络。一个老爷爷走了,纵横交错的生命链条上一个节点就断掉了,留给亲友们的是不能告别的悲怆,留给世界的是永远的忙音。

其实,在抢救路爷爷的过程中,我们就感到,路爷爷由病重到病危,"爬坡"的时间拖得太长了。换句话说,如果能及早送到ICU,也许还有更大的救治希望。于是,我们"尖刀小分队"主动出击,到各个病房去筛选,挑出那些将要送往ICU的患者,希望能按我们的方法及早施治。

78岁的晨爷爷，转到我们ICU时精神状况极差，时常昏迷，不太清醒。罗凤鸣主任看了他的CT片子皱紧了眉头。晨爷爷有高血压、糖尿病等基础疾病，刚刚由重转危。按我们的说法，刚进入"爬坡期"。会诊之后，罗主任决定：用纤维支气管镜仔细观察，并吸掉痰液。

晨爷爷咳得厉害，喉头积痰很多。揭开他的口罩，口鼻暴露，对于插管的医护人员是相当危险的。若是插管过程中，喷出痰液，无异于高浓度的病毒直接喷在面部。当时，正压防护服只有两套，肯定是插管的操作者罗主任和曾主任穿，其他人做好了准备之后，我下令："大家都离开吧。"

偏偏是万启晶护士长，她像没有听到我的指令，站在病床边一动也不动。

我问："你为什么不离开？"

她不假思索地反问："我为什么要离开？"

我心头一热，真是个倔强的武汉女子。从去年底疫情暴发以来，武汉红十字会医院首当其冲。40多天以来，这个万启晶，谁晓得她熬了好多夜，吃了好多苦，受了好多累，哭了好多回。我们刚进入医院的第二天，她就晕倒在地。由于她身穿防护服，我们无法了解她的呼吸与脉搏状况，只得把她抬到窗边，吸了一阵氧气，她才慢慢缓过来。把她送入CT室时，她躺在窄窄的检验床上，居然说："躺下来，真舒服啊！"

想一想，武汉红十字会医院的氧气机日夜不停地转了几十天，最后机器都烧坏了，钢铁零件都"累"垮了，这个万启晶，硬是比机器还坚强！

几天之后，死亡峭壁上的晨爷爷被救了过来，各项指标趋于正常。当他说说笑笑时，我总觉得路爷爷又活过来了，心中感到一种温暖。

我们的注意力集中到45岁的阿J身上。阿J在ICU算是老资格了，他一察觉自己发热就住进了宾馆，进行自我隔离。后来，病情加重，收入ICU却一直不转阴。他目睹了多位患者在痛苦喘气中失去了生命，内心的惶恐是可想而知。他曾想让妻子到医院来"交代后事"，说明他几乎绝望了。

我们决定对他进行心理干预。首先破除他与家人分别太久的孤独感，破例让他的妻子进入ICU陪护，让他通过视频看到可爱的娃娃、慈祥的双亲。一张粉红色调的全家福照片，不时在他眼前闪现，让他内心燃起强烈的希望，积极地配合治疗。

阿J的变化是非常明显的。他终于能站起来，步行，稳稳当当走出ICU。

阿J总觉得不吸氧就会窒息，转到康复医院时，他还带走了一只氧气瓶。他无论如何都会把吸氧的管子插在鼻孔里，哪怕那一点"气"少得可以忽略不计。

我知道，阿J心里还有一丝阴云，但随着身体的康复，那一丝阴云总会被吹散的。

我们这个"尖刀小分队"，比康主任率领的130人的大部队早12天到武汉，每天再苦再累，也要汇报和交流。

汇报，是向华西医院提供战"疫"的实情，让大部队在人员配置上更合

"尖刀小分队"（左起：张茂杰、漆贵华、尹万红、蔡琳、彭云耀、吴孝文）

理，物资准备得更充分，少走一些弯路。

我们小分队建了一个群，每晚11点，通过手机视频进行交流。除了谈工作，还谈大后方成都，晒一晒各家各户的趣闻，开开玩笑，笑闹一阵，好让紧绷的神经松弛，然后才安然入睡，养足精神，更好地投入第二天的生死搏斗。

大家为什么会叫我"鸡血王子"？那是因为无论是带学生，还是带住院医生，我的要求都非常严格，决不心慈手软。我走到哪里，都宣扬三个字——"泡临床"！

我崇敬的邱海波教授，是东南大学附属中大医院重症医学科主任。他不仅是国家卫健委专家组成员，还是在抗疫第一线奋战了100多天的专家。他在抗疫期间"一夜白头"的故事，更是流传很广。他说过："临床医生一定要从临床出来。只有临床积累的经验，才能让医生在决策时，头脑更清楚，视野更开阔，做出正确的决策。这对于靠干货吃饭的重症医生尤为重要。足够的经验从哪来？全靠时间积累。除了有足够的时间盯着，还得有心。就像追心仪的女朋友一样，要有心，要用心，一追到底！"

泡临床，要有心！这就是我一说起来就激动的自己总结出来的"鸡血"。

再深一层地"揭密"，是华西的"魔鬼训练"，让我终身受益。

1998年，麻醉科刘进教授针对医学生"读书多，临床少"的弊病，提议加强临床培训。院领导接受了他的建议，决定本科生要经"小魔鬼"培训三到五年，研究生要经"大魔鬼"培训三到五年，其主要内容就是"泡临床"。此举，让六成的学生放弃训练，而坚持下来的，已经成为医院骨干。

在武汉抗疫的日日夜夜，真是悬崖上的生死搏斗，而我自始至终没有一点胆怯，还能做出一点成绩，应该说是源于"泡临床"修炼的底气吧！

附带说一句，我可爱的女儿，爱上了医生这个职业，听诊器就是她心爱的玩具。我对爱人说："你看，我们的女儿，从小就晓得'泡临床'了！"

第七章

比翼齐飞在最前线

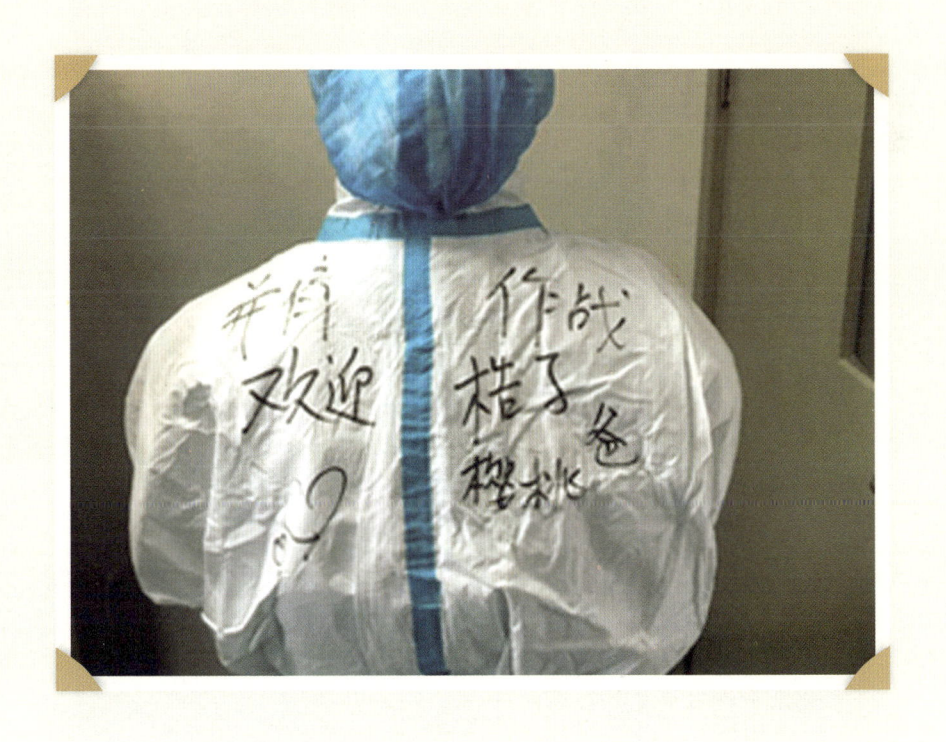

白浪和徐珊玲，一对恩爱夫妻，分别在华西医院传染科和四川省肿瘤医院ICU工作，他俩各自参加了一支医疗队奔赴武汉，同在武汉大学人民医院东院区，却在两个不同的病区工作，平时根本见不着面。真是机缘巧合，一次，在上班路上相遇了，两人都身穿冲锋服，戴着大口罩，按规定，只能相隔一定距离，说上几句话。

有人给他们拍了照片，在网上疯传，获数十万人点赞。

国家卫健委的负责人看到了，觉得安排夫妻俩同时上阵有些不妥，过问起此事来。上级征求他们夫妻俩的意见："是不是回去一个，好照顾一下孩子和老人？"他们婉言谢绝："谢谢领导关心，我们太忙了，走不开。"

在武汉抗疫最前线，比翼齐飞的，还有华西医院内一科护士长王瑞和她的丈夫、宜宾市第二人民医院的陈心足。

他们是如何"瞒过"组织，来到抗疫最前线的？说起来，还很有"戏"。

先来看看白浪是怎么说的——

17年，这么一晃就过去了。

记得17年前，非典暴发，我刚毕业，那天正在查房，主任通知我："今晚上在隔离病房值班。"我连忙打电话告诉徐珊玲，共进晚餐的约定取消了。那时候，徐珊玲还是我的女朋友。转眼间，我们已经有一个可爱的女儿了。相比17年前，医疗条件好多了，防护意识也提高了很多。接到去武汉的通知，我暗自高兴，因为徐珊玲2月3日就已经去武汉了。我给唐主任悄悄说过，让他替我打掩护，千万别走漏风声。这样，我顺利地入选华西医院第三批援鄂医疗队。

到了武汉后，我们整建制地接管了武汉大学人民医院东院区23病区和24病区。我担任24病区主任。

仔细想想，我的武汉抗疫之行，心一直牵扯着两头。

一头是我身后一大帮"90后"，不仅仅是要让他们扎扎实实做好临床，更要让他们平平安安凯旋。从机场到武汉市区，真有一股"风萧萧兮易水寒"的悲壮感。大巴车上没有一个人吱声，因为面临一场恶战，大家的心头都惴惴不安。我想，我有责任保护好年轻人。

另一头是1000公里之外的我的女儿。她出生在多雨的夏天，在我和妻子心中，她美如夏雨中的荷花，所以叫雨菡。她今年中考，在这关键时刻，我俩都不在她身边，确实有些愧疚。同时，我们又感到，这是锻炼和提升她的难得的机会。

于是，我对她说："理解医生——这是爸爸给你的礼物。"她送我出门的时候，喊了一声："爸爸，你放心，不用管我！"我咬紧嘴唇，不敢回头看她，因为我的眼眶里尽是泪水。我想，这就是15岁的女儿长大成人的重要一环。

其实，女儿从记事时起，就开始"理解医生"。妈妈在医院里忙着抢救病人，下班晚了，不能在放学时按时去接她；说好的要去开家长座谈会，爸爸或妈妈又缺席了；好不容易登上舞台表演个节目，台下没有家人来捧场；还有，爷爷奶奶外公外婆，全家聚一起，吃得正高兴，一个电话，就把妈妈叫走了……做医生的女儿，对爸爸妈妈工作的不确定性，应当早有体会了吧。

女儿早就发现，有空闲看电视时，我喜欢看战争片。我从小就有当军人的梦想。我还觉得，从上大学到留校当医生，耳濡目染，华西人那种家国情怀，早已深烙心中。抗战期间，多少华西学子投笔从戎，慷慨奔赴战场；抗美援朝时，华西的医疗队在炮火纷飞的最前线，抢救伤员，立下永垂史册的战功……新中国成立以来，每逢国家有难，华西医疗队作为"国家队"，总是冲锋在前。我作为华西的医生，如果仅仅是挣工资来养家糊口，目标就定得太低了。我多次体会到，救下一个危重病人的喜悦，是多少钱财都买不来的！不断努力实现自己的价值，才是我追求的目标。

我一到武汉，就剃了光头，表达了跟新冠病毒鏖战的决心。我必须竭尽全力，抢救生命，我常提醒自己一句话："我，输不起！"

从病人期待的目光中，我感觉到了他们的孤独，所以，我尽量多在病房里走一走，哪怕在每张病床前多停留几分钟，嘘寒问暖说上几句话，病人也觉得舒坦。在疫情下，医患矛盾消失得无影无踪，病人对我们的理解、支持、信赖、友好，是我从医多年未遇到过的。

有一天查房，查到一位婆婆，我对她说："您的情况很好，已经第二次查了您的核酸，如果正常的话，您就可以出院了。"

婆婆并没有显示出特别高兴的样子。

她问："我能不能在医院多留两天啊？"

我有些惊讶："您不想出院吗？"

她从枕头下拿出一些漂亮的剪纸："我很想送礼物给你们，又出不去，买不到任何东西，想来想去，想剪一幅大一些的图案，给你们一个惊喜。没想到那么快，你们就把我的病治好了。这一幅剪纸，还得有几天才能完成。"

这让我非常感动："您太有心了。"

她说："我不知道该怎么感谢你们，要不是你们华西的医生护士来，我不知道会是什么情况……"

说着说着，她眼眶里满是泪水。

这位婆婆花了一周时间，精心构思，终于完成了一幅剪纸《大爱无疆》：四角是展翅的喜鹊，花朵簇拥着两位医护人员，表达了婆婆对我们的深情。剪纸很轻很轻，也很重很重！我隐隐感觉到，这一幅剪纸上，有她的泪痕！

这让华西所有的医护人员都非常感动。

直到大部队都撤离了，我还守护着最后几位病人。我从电视上看到万人空巷送别各地援鄂医疗队的情景，不禁潸然泪下。我必须让我经手的病人，有个让我放心的交代，我才能走啊！

在武汉的日子里，我与徐珊玲的住处相隔不远，步行也就是10分钟的路程。我们仅有三次短暂的见面，其他时候全靠手机视频，互通信息。她说她的ICU抢救病人的情况，我说我的病房里性格各异的病人。说来说去，都跟

白浪、徐珊玲夫妇

业务有关。然后，说说女儿……老夫老妻，"平平淡淡才是真"。

是进东院区后的第三天吧，我匆匆忙忙去5号楼上班，背后听见有人叫我，回头一看，是徐珊玲。真是太巧了。她说，她远远就看到我的大光头，一晃一晃的，很突出。我有点喜出望外，相隔一米多的距离，不能再走近了。有人给我们照相，我们心照不宣，微笑着，不约而同握紧了拳头。我们的决心，我们的意志，我们的胜利，都握在拳头中了吧！

> 采访王瑞之前，湖南的记者就对我说，王瑞的声音特别甜美柔和，病人们一听到她的声音，就会安静下来。之前，我看到在2月7日送别时她和她老公的合影，真是美女帅哥，绝妙的一对。
>
> 她用不疾不徐的语速，讲述了一段抗疫中的爱情故事——

我老公是由华西派到宜宾市第二人民医院挂职当副院长的，他叫陈心足。疫情刚露头，他就悄悄申请去支援武汉，没有给我说。

我早就递交了赴武汉的请战书。大年初一，华西医院第一批援鄂医疗队出发了，没有我。我想，因为我的专业是消化内科，不是呼吸，不是ICU，专业不对口，不派我去，可以理解；第二批，又没有我，我真有些急了。1月27日，我看电视新闻上说，新冠病毒会引起消化道症状，我想，该我去了吧。我就给护理部主任发短信，告诉她，我曾经在呼吸科和ICU轮换过，如果还有机会，请一定派我去武汉。主任说，要综合考虑一下。

我又想起，我是国际应急医疗队（EMT）队员，理所当然要冲锋在前。我找到负责EMT的晏主任，希望他能支持我。结果，他跟护理部主任商量后，委婉地拒绝了我："考虑到心足在宜宾那边是顶梁柱，责任重大，完全照顾不到家里，所以你得留下。"

我一下子着急了："我的行李都收拾好了！再说，我家的小朋友都带到温暖的地方过春节去了，完全不用我操心。"

晏主任说："这次去武汉，不是我们经历过的EMT的演习，这次是真刀真枪，跟病毒决战。险恶的程度，你想象不到。"

我笑着说："你放心，我做好了思想准备。"

晏主任见我如此固执，没有退让的意思，只好说，再跟护理部商量吧。于是，工作近20年了，我才第一次给护理部主任打了电话，说出了我的要求。

想不到，名单下来了，消化科仍然不是我，派出的是年资与我一样的护士长。她刚休完产假，身体还没缓过来。我就跟大护士长沟通，希望能顶替她去。大护士长说："本来我们的人力也紧张，好吧，我同意你去。"

2月6日晚10点过，终于接到"明天出发"的通知，我就像听到军号一样激动。我立刻给老公打电话。他那边正在急诊室忙着，匆忙回应说："你明天走？我这边事情太多，可能送不了你啦。"

我只好挂上电话，收拾行李。11点过了，老公又打来电话，说是明天要到双流机场去接一批捐赠给医院的物资，顺便就可以来送我了。

他几乎通宵没睡。凌晨5点，他从宜宾出发，一路飞驰，8点过，带着一身寒气来到成都，推开了家门……

我想起了一句很老的歌词："爱情两个字，好辛苦！"

后来，就有了我俩送别时的照片。

我领到了队服。130人的大队伍，四下一看，全是精英啊！这个团队，让我放心。我们科的陈主任抱了一下我，留下一张合影。后来，我慢慢翻看那些照片，只有我在傻乎乎地笑；那么多送行的人，表情都相当严肃。他们是在担心、忧虑什么吗？

记者问我，为什么如此执着。我觉得，这是抗疫的需要呀！汶川地震、芦山地震、九寨沟地震、卧龙泥石流，集合的命令一下，有很多人报名去一线，这是华西的传统啊！就说EMT吧，报名已经上千人了。能加入非军方的全球最牛的国际救援队，这是我的荣幸。这就意味着，"大敌"当前，我不

陈心足送别王瑞

上谁上？

来武汉六天之后，2月13日，早上7点钟，我刚起床，正在洗漱，电话响了，是老公打来的。他是从来不在这个时间打电话的。发生了什么事？他在电话里说："我马上要到武汉。凌晨4点接到的通知。10点钟集合，这是四川省派出的第八批援鄂医疗队，我是领队。"

我对他说："现在应该我对你说，注意安全。"

我担心他们的物资准备不足。因为他们不像华西，是整建制出征，而是20多个单位的人抽调到一起的，后勤保障可能做得不精细。我立即打电话，让我的华西同事采购速干洗手液、眼药水、口罩、一次性内衣、剃须刀等。

第七章 比翼齐飞在最前线 | 053

她立即采购，备足了整整两箱物资。结果寄到武汉却丢失了，真是遗憾！由于队与队之间不能串联，华西也不可能支援他们。

他下午4点过到，我正在医院上班，不过，我给他准备了一个小得不能再小的"欢迎仪式"。

我请同事在我的防护服上写上"并肩作战，欢迎桔子、樱桃爸"，还画了两颗心，拍了一张照片发给他。他一下飞机，一打开手机，就能看到我的防护服上的字和画了。这等于在说，我已经欢迎你啦！

朋友圈一片欢呼，说陈心足赶在2月14日之前来武汉，本身就是他献给你的情人节的礼物。

他来到武汉后，跟我一江之隔，相距30公里，我们无法见面，更不可能在一起，于是用视频互相鼓励。有一天，队长对我说，让我跟他到各医疗队走走，分享一些经验吧。结果，这次分享活动，让我见到了老公。

在繁忙又紧张的工作中，我们也会找点乐子。我对老公说，我们自制了LV包。他傻傻地问我：你们怎么会造LV包？我发图片给他，他才恍然大

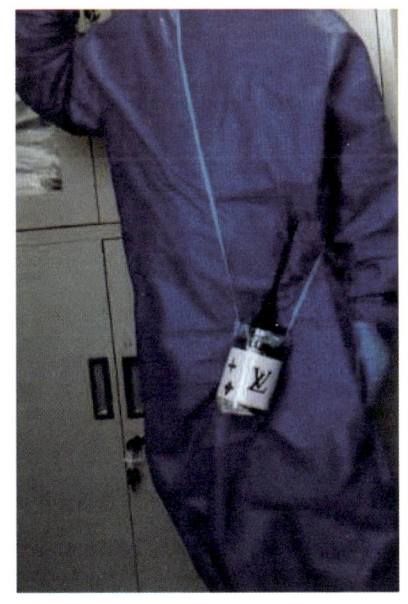

华西援鄂护士自制的LV包

悟。原来，我的姐妹们手巧，做了好多布包，绘上华西医院的图标，别有情调。唐荔用废矿泉水瓶，剪去上半截，串上彩带，便成了可以放对讲机的"小包"，非常实用。我在小包上贴了个LV图标，便成了"世界名牌LV限量版挎包"。你别小看这样一个小工艺品，还被省博物馆瞧上了，成为见证抗疫的收藏品呢。

哦，忘了说，为了欢迎老公来武汉，我还特地为他唱了一首《原来你也在这里》。这首歌，很适合我当时的心情：

> 若不是你渴望眼睛
> 若不是我救赎心情
> 在千山万水人海相遇
> 喔原来你也在这里
> …………

第八章

电玩高手战"魔兽"

在纪录片《中国医生》战疫版中，观众们认得了长着一张明星脸的王宇皓。他凌晨起床，洗脸刷牙，穿戴整齐，举止潇洒，真是帅呆了。都以为他是导演请来的男一号，其实，他是华西医院呼吸科护士，还是一个玩电子游戏的高手。一个"部落勇士"去武汉，有什么故事呢？且听他自己说一说——

2月6日晚上10点30分。

哒哒哒哒……轰轰隆隆……

那时我在《魔兽世界》怀旧服里激战正酣，我所在的团队正在如火如荼地进行着"熔火之心"的攻略活动。40名骁勇善战的战友，配合默契，稳步前进。这支气势如虹的团队，比起十年前的那种匍匐前行，更多了一份玩笑与轻松。

突然，手机铃声响了，我看了一眼手机屏幕，不由得一惊——这个时候为什么科室会给我来电？电话接通，是我的老师吴颖护士长的声音："王宇皓，现在正式通知你，明天上午9点集合，交代任务。下午飞武汉。你早点做准备吧！"

其实，自新冠肺炎疫情发生以来，冥冥之中我就感觉到了可能会有出征武汉的一天，而今天则是把"可能"去掉了。我在公会频道缓缓打出："我打不了了，得收拾东西了，我明天要去武汉。"我本以为队友们会说些什么，但接下来的却是一阵沉默。会长思考良久才缓缓用语音说出："唉，看来我们的强力DPS（网络游戏中表示秒伤害）要离开我们一段时间了。"而在我退出游戏的时候，除了命令的使命感让我觉得沉重，还有那份"抛弃"了39位队友的抱歉。

而这个时候，他们也中止了气势如虹的操作。我盯着电脑屏幕，想听他们继续，哪怕是我熟悉的有人犯错然后语音传来一则独有的叫骂，可三分钟，整整三分钟，语音频道一片沉默。

一片沉默啊！

或许此时的39位战友——虽然大多数都是我根本不认识的玩家，也不知他们生活在中国的哪一块土地上——都在这个时刻被"武汉"两个字镇住了。

去武汉，意味着什么？

"意味着，你要去完成一个被遗忘者的真实使命了吧。游戏里，你们被遗忘者不也是一直在跟天灾军团的瘟疫做斗争吗？"会长打趣地说道。

三分钟的沉默之后，祝词喷涌而来：

会长：保重，注意身体。你去武汉的这段日子，DKP（网络游戏中一种装备分配制度）全勤，我说的。

61：我代表湖北人民谢谢你。

天之羽：感谢你，支援湖北！

少女：放心，你的号，走了之后我帮你养着。

老练先生：保重，勇士。

…………

就是在这个时候,我知道什么是眼睛里面进了沙子,泪水自然而然,夺眶而出。

面对祝福,我却又开始踌躇了。回眸一看,女朋友曦妹的目光中充满了惊讶。

因为,在递交了报名申请后,长达20天的时间里,我精心编织的那么多谎言,竟然在一瞬间分崩离析。我对200多公里外的家人说:"我年资尚浅,还不够上前线的条件。"我对一直惦记着这件事的曦妹说:"怎么可能派我,我才上几年班?去武汉不是害人吗?"那时,曦妹突然抓紧了我的手,轻声地"嗯"了一下,以示放心。我挠了挠头,明明知道,说谎的时候,是不可以挠头的。我不怕死,只怕无法接受的亲人沉重的牵挂和不舍。

趁着在楼道抽烟的机会,我给妈妈打了个电话。

妈妈太敏感了。半夜,儿子来电话,早有准备。然而,听到我要去武汉的消息后,她还是泣不成声。我直接把手机放在了桌上停留了十多秒才拿起,因为没有比听到妈妈的哭声更难受的事情了。她明确地表态——不同意!

她让我原谅她的自私:"原谅你妈妈吧,请国家原谅你妈妈吧!妈妈拖了你的后腿!我不想再守候了!以前我等你爸爸的消息——那是什么日子啊!他的战友,有牺牲的,有受伤的,吓得我天天做噩梦啊……我牵肠挂肚,天天盼,夜夜想,好不容易把你爸爸从对越自卫反击战的战场上盼回来了。我太怕听到坏消息了,我不想再过那种担惊受怕的日子,我不同意!不同意!……"

我静静地听着她的责骂,听她骂我哄她、骗她,不晓得当妈妈的心头是如何难过,这么多天来,心一直悬吊吊的。既然丈夫为祖国上了一次前线,再把儿子送到"武汉保卫战"的战场,做不到!

我只能接过爸爸交到我手上的传承,皱着眉头说道:"妈妈,你不要难过,我会注意保护好自己的。你也要注意保重身体。"

最后,妈妈说了句:"不想跟你说了!"就把电话挂断了。

我感到疼痛。香烟的灰烬掉到我的手指上,这时我才发现,那一支让我鼓起勇气的烟,我竟然一口也没有抽。

接着，我和曦妹之间爆发了短暂的争吵，但又很快收场，而后来，我们又都笑了。我牵着她走着，仿佛时光回到了我们初识那天一起散步的黄昏。就这样，她陪着我去通宵营业的便利店采购了一些东西。回来的路上，一种难以割舍的感觉在心里泛滥着。我在不停地说着，说了工作，说了养猫，说了好多平时认为的废话。

跟曦妹回到了家。我知道这是一场不知道时间长短的战争，于是找到了那把剖鱼的剪刀，也不管上面还有锈迹，递给了曦妹。然后，看着一把又一把黑亮的发丝，落了洗手间一地。既然要面对战争，不再有好看与否，只需要简洁干练。少了头发，也少了杂念。

感觉闭眼没多久，闹钟便开始呼叫。匆忙地起床、洗澡、梳理，穿上了印有"中国卫生"的制服，那是肩膀上从未有过的沉重感。我从来都是一个我行我素的人，不在乎人情世故，可到了医院，还是按下了科室那层楼的电梯，找到了护士长，跟她保证，这次一定绝对服从指挥，听从安排，平安回来。她满意地笑了，从她的眼神里，我读到一句话："你懂事了。"护士长微笑着送我到电梯，挥手告别。我在心里默默地念叨着："这些年来，我让你操心了，真对不起。"

我拉着行李箱，去了出征的集合点。最让我感到放心的，是将与第一次教我如何使用呼吸机的老师吴颖护士长一同前往。我知道，有她在，我这匹脱缰的野马会有所束缚，而束缚的结果是——安全。

出发前，我给了曦妹一个拥抱后就上车了。

去机场的路上，我拨通了妈妈的电话。妈妈不再责备我的"哄骗"，而是提醒我注意这注意那，要注意的东西太多太多。我一点儿也没有嫌弃她的唠叨，任她一次说了个够。我还是提醒她，不要把我的事告诉有焦虑症的外婆。

武汉的形势，比我想象的更加严峻。

肿瘤科传染病房的邱艳茹护士长，是我见到的第一个武汉大学人民医院东院区的医护人员。看到她眼角的疲惫，想起英勇的武汉白衣战士已经在孤立无援的情况下精疲力竭地鏖战了十几个日夜了。在这座充满恐惧的城市，他们没有选择奔逃，而是坚守着希波克拉底与南丁格尔誓言，无怨无悔地战斗在抗疫的最前线。我若能在他们眼里化作一点希望，给他们一丝慰藉，也是极好的。

我放宽了心，敲响了通往隔离区的门。我的组长与队友，都是多我好几年临床经验的老师。我唯一期望的就是，不要让自己成为这支队伍里那块最短的木板。我跟着他们查房，并重点观察重症患者。看到那些亟待救治的患者，听到他们那急促的呼吸，突然有一种紧迫感，催促我快、快、快，尽快地适应这里的一切。

我积极地与队友们商量"战术"。有一天晚上，大家讨论得热火朝天，对以后可能发生的危急情况，商讨出了多种应急预案。大家没有论资排辈，也不分年资高低，个个畅所欲言，讨论如何赢得抢救时间、如何对病人康复有利等。这样的大讨论，让我觉得挺过瘾的。因为不管是"战争"还是专业，这与我恪守的信条——"你可以接受在现有的医学条件下无可奈何的死亡，但绝不接受死亡的原因是你自己的愚钝"——完全相符。那天，在病房讨论了三个小时，等脱下防护服走到清洁区，才感到一阵缺氧的头痛。唉，我是不是说了太多话了？

可我万万没想到的是，缺氧仅仅是个开始。第一次在护目镜与防护服的包裹下采血，因隔着三层外科手套而近乎为零的触感，让我第一次丧失了精准。我迟迟不敢把第一针推出去，只能闭着眼仔细感受血管的位置。虽然是完成了，但是看了看时间，寥寥无几的病人，却花了比平时多出三倍的时间。我背靠着墙体会着这几年来最沉重的挫败感。回顾我的工作经历，从第一次的毫无经验，到可以感觉到血管的触感，用了将近一个月的时间。而这一次，明显时间不再站在我这边。任务无时无刻地要求你，没有一个月，只有第二天。

我带着内疚与思考回到了房间。我无法求助任何人，因为"感觉"这个东西完全属于自己，没有任何人可以帮你。

戴着护目镜的王宇皓

　　我无法忘记这几天看到的每一张患者的脸，如果他们当中任何一个人需要抢救，那我能为他们做什么？我对着窗外揉了揉眼睛，路灯下的光影一片迷离，我又一次怀疑自己是否真的准备好了。盯着背包中的采血针，决心终于下定！我先把房间的灯都关掉，月光刚好照耀着台灯柱。幽暗中，我戴上护目镜以及三层外科手套，举起了针管……我感觉到脊背在颤抖，借着月光，我看到了殷红的血液在指腹间搏动、流淌。再用好几层透明敷贴覆盖了创口，我不由自主地笑了："看来除了游戏，我还是有其他的地方值得我骄傲吧。"

　　我一直都是一个准时的人，而这份准时，却差点在武汉被打破了。我依稀记得，那是一次危重病人的抢救。结束之后按照惯例地洗了澡，然后拿着手机设了两个闹钟后，便开始了沉睡。当闭上双眼后，我听到了闹钟把我吵醒。随后，一切如常地洗漱、穿衣，再去到集合的班车地点。而在等了20分钟后，我没有等到我的队友与开车的师傅。我鬼使神差地往东院区走去。这一路上，只看到了残垣断壁，我又疑惑又恐惧，虽然如此我却仍一直向前走着。手机已经没有了信号。我甚至都不知道,我有没有走到医院。而这时映入眼帘的,是充满着火光的东院区。站在一堆废墟之下,我感觉我在流泪。可还没等我悲伤,便看到从火光里面走出来一群黑影,撕扯着那件我熟悉的制服。很快,我被它们围住。我想本能地后退,可跳动的心脏却迸发着呐喊:"你背后的土地,是你的四川,你的成都,还有你的乐山。你还退吗?"于是,本来充满恐惧的我又笑了,我先是从胸口的口袋里拿出那包香烟,随后丢在了为首的黑影脚下,我好久都没笑过了。而这一次,是轻蔑的。随后,我倒在了充满火光与雨滴的天空下,视线越来越暗,在丧失感觉之前,我伸出手,用尽了最后一丝力气,握住了那件残缺的制服。也许,就这样化成一阵风,也是在战争失败时最美好的一件事了吧。

随即,我的房门被敲响了,原来,两个闹钟都没有把我从噩梦中唤醒。队友很紧张地隔着门叫着我的名字,于是我迅速地穿上了衣服。在电梯里看着时间自言自语:"真是好险啊,还有五分钟就迟到了,唉,有时候也是没办法吧,毕竟——太累了。"

其实我一直都知道,不少人对玩电子游戏的人没好感,也确实有一些青少年沉迷其中,荒废学业,难以自拔。但我觉得,不管是电子游戏还是网络游戏,只要适度,不仅能锻炼瞬间反应能力,活动大脑与双手,还能在一次次与队友的沟通与配合中,提高协调能力,这对工作也是有所帮助的。

这以后,戴上了护目镜以及三层外科手套的我,"手艺"绝不走样。我更迷醉于向众多老师学习,每天都有好多新的经验、新的感受让我尽快记下。在赖巍老师、基鹏老师的详细指导下,我还了解了一度让我止步于前的ECMO。两个月来,我感到自己在扎扎实实地长进。确实,在"战争"中学习,也是一个战士必须具备的素质吧。

当然除了工作,还是有很多事情要做的。比如:要跟曦妹视频,她无时无刻不在牵挂着我的安全——我回答说,每天75%浓度酒精的全身喷洒"洗礼",回到房间又是烦琐的好几道洗手工序,随后又是57℃水温的半小时淋浴,虽然一身烫得绯红,一直想逃离,但为了自身与队伍的安全,依旧咬牙冲完了这半个小时。

但很突然的是，曦妹也不跟我商量，报名参加抗疫，调到急诊室，站在筛查新冠肺炎患者的第一线。那可是很危险的工作啊！

她是神经内科护士。我骂她："你染上神经病了嗦？"

她不无得意地说："我天天为你担心，现在也该让你体会体会担心一个人的那种滋味啦！"

我发短信："你应当用滚水烫，半小时不够！"

她回复道："活猪也不怕开水烫，能把我怎么的？"

一番隔空争吵之后，两个人又对着屏幕笑了。

调侃之后，是交流业务方面的心得。曦妹很累，也很充实。

援鄂的任务结束之后，4月7日，我们告别了武汉，飞回成都，全队在洲际酒店进行隔离。在武汉，被防护服和护目镜水雾阻隔的我们，错过了与春天的相会。而这一次队友们终于可以走进百花盛开的春天，在允许的范围内纷纷拍照留念。

然而，我对拍照没有什么兴趣。14天隔离，我计划着怎样休息。

我思考了良久，直到下飞机，也没有想出答案。

酒店的环境犹如世外桃源。那种大隐隐于市、小隐隐于林的感觉，让我感觉到了这60天以来从未有过的舒畅。

我匆忙打开了自己的房间，随后把房门反锁，给父母打了一个电话。经历过战火的爸爸终于也在这天再也没能忍住自己的眼泪。我花了好些时间去安慰后，蹲在了阳台的地板上，吸了一支这些日子里我真正意义上吸进身体里的烟。一切都结束了，虽然我不能马上与家人相拥，把平安奔走相告，但此时此刻，我终于可以在一个无人知晓的角落，随着飘散的烟雾，尽情悲伤。

等所有思绪都酣畅淋漓地放映之后，我开始想念《魔兽世界》怀旧服那熟悉的登录音了，也许在经历了那么多艰难困苦之后，现在能再度把我的脑细胞激活到最兴奋状态的，就是作为公会的一员开始新征程了吧。

在我厚着脸皮的要求下，曦妹在谢莉老师的陪同下，将我的笔记本送到了严格隔离的酒店。本来想借此隔空拥抱一下她们，但因隔离管理条例，我只能从酒店的工作人员手中接过我的电脑。

我调试了网络，随即上线。

终于，在时隔62天后，"琼楼遗恨"正式回归他的队友身边。由于在武汉期间，我的账号被"少女"托管，他们对我的上线没有任何波动。

而在我进入语音频道，淡淡地说了一句"我回来了"后，各种问候与游戏上的BUFF（网络游戏中给某一角色增加一种增强自身能力的"魔法"或"效果"）向我砸来。也许这62天，可以改变很多东西，而我是他们当中的一分子、团队中的好队友，这一切的一切，都没有改变过。

就像是"武汉保卫战"胜利一样，我第一次看到"奈法利安"在我的电脑屏幕前倒下。我觉得，这一切在另外一个平行世界的我的身上，就是一场梦吧，如果可以，我也希望如此。

"出什么了？"语音里纷纷问道。

"SSF（《魔兽世界》游戏中的一种道具）！是SSF！我们公会的第一把！"

由于在武汉期间，会长算了我DKP全勤，这导致我的DKP在公会里面是需求SSF的首选。我甚至露出了一种"小人得志"的笑容。

正当我准备出分时。

会长宣布："公会的第一把SSF，建议直接给'琼楼'吧，在武汉待了60天真的辛苦，如果他们不上，我们真的没办法在这里淡定地打游戏了。但为了公平起见，还是投个票吧。"

团队确认的声音响起，那是全票通过的39个绿色钩子。

我得到了属于公会的第一把SSF。

在大家聊了很久后，相约明天再见。

我洗了一个不再是57℃水温半小时的澡。

我躺在床上反问自己：这是游戏吗？或许是。而这又完全是游戏吗？回响在脑海里面的，是这些日子他们担忧地告诉我的话语——是情谊！

第九章

"王子",请给阿姨一个公主抱

他是重症监护室护理组组长。他的微信昵称相当独特：温主编——一行卤鸭上青天。

他是一枚帅哥，叫王梓得，35岁，病人叫他"王叔""王哥""王子"。我们就叫他"王子"吧。

下面就听听"王子"讲述的故事吧——

作为重症监护室的护理师，我对死亡没有恐惧感，那是因为2008年汶川地震，我作为志愿者，第一时间冲到了映秀，那惨状见得太多了，就不怕了。我和一位山东的志愿者，奉命到一座危楼去找救济物资，那个小伙子相当毛躁，一脚把门踹开，结果，"咣当"一声，随着门被踹开，整座危楼"轰隆隆"地往下垮。我俩吓傻了，跑是跑不掉的。结果，周边垮得一塌糊涂，灰尘腾起，我俩被包裹起来，竟毫发无损。那次经历，我觉得一个人的生与死，也就是一刹那间。

后来，到了重症监护室当护士，每天的工作就是跟死神争夺生命。

来武汉抗疫，感觉不一样的是，新冠病毒是阎王手中的一把闪电利刀。

大年初三，我陪四川电视台的记者跟踪采访，跟一位患病的老爷爷聊了一会儿天。老爷爷说:"我看到了你衣服上的名字,你是小王,华西的,很有名的医院啊!"谁知,电视节目还没有播出,老爷爷就死了。

前几天,一位80多岁的老爷爷,一边吃着我发给他的盒饭,一边跟我摆谈,精神还挺好的。他吃完饭,我帮他把空饭盒扔进垃圾箱。就在这转身之间,他竟然咽气了!

在重症监护室的十几年,所见到的死亡,总有一个过程。全身情况变坏呀,器官衰竭呀,总要拖上几天,至少拖几个小时,我们总有一点时间,把十八般武艺都使出来,跟死神过过招。也许患者还有奇迹般生还的可能。而这一次遭遇的新冠肺炎,我所见到的死,几乎是快得没有"过程"的死!

拥挤的急诊大厅,排队候诊的人中,突然有人倒下了;在家中沙发上,咳两声就倒下了;电梯里,大街上,一倒下就难再爬起来。一看CT片子,全是"白肺"!

一到病房,我感到病人陷入了深深的恐惧之中。

所以,首先要"唤醒"病人。经过严格训练的华西的护士,都很注意"第一印象"。开始是15张病床,后来是30张病床,再后来增加到50张病床。我看了名单后,就强记死背,把病人的名字、床号背熟了,推开病房门,我就招呼:"5床的张华、6床的李明、7床的王伟、8床的赵强……我们准备吃午餐了!"

"好,好,好,开饭了……"病人们响应着,死气沉沉的病房里,一下子就有了生气。

我觉得,呼喊名字很重要,作为站在死亡的悬崖边上的病人,每天都听到医护人员不时喊自己的名字,就会感到"我还存在,我还活着"。所以,走进病房前的第一件事,就是要记牢病人的名字。

我还努力学了几句湖北话。一开始,我不知道"过早"就是吃早饭的意思。后来,我也会说"干么事""做么子"。学湖北话,逗乐了许多病人。

为了调节气氛,也为了适当活动身子骨,我教那些病愈等出院的人"八段锦":"双手托天理三焦,左右开弓似射雕。"我带头比画,后边跟着一群人比画。有人夸我"拳法好",我笑着说,我只会两段,现学现卖,只能教大家两段，哈哈哈哈。

这一次，我们护理了数百名病人，印象比较深的，有两位阿姨。

一位阿姨有眼疾，近于失明，只有微弱的光感。由于进医院不易，等床位不易，加之其他说不清道不明的原因，刚入院时，她一肚子火气。听她的语气："护士，过来！给我一杯水！""护士，快点！""护士，离我远点！"硬邦邦的，没有一个"请"字，一副颐指气使的神态。我根本不理会她是什么态度，叫她的名字，加上阿姨的称谓，以一贯的好态度，对她关怀备至，她的火气就渐渐消了。她天天都会说自己入院之前过着如何精致的生活，老公如何笨，东西咋个摆都不晓得，全靠她支撑起一个家。她滔滔不绝，我就是最有耐心的倾听者。有一天，她第一次说"谢谢"，让我惊讶。我笑着说："阿姨，你会说谢谢了。"她不禁笑起来。出院时，她说："王哥哥，我听出你的声音了，我眼睛瞎，心不瞎！你的声音我听得出来。你们的好，我永远忘不了！"

另一位要出院的阿姨，听说我上后夜班，早上8点下班，就给我打招呼："下班后，我们合拍一张照片。"7点钟，采集咽拭子时，我对她说："你好好睡觉，睡到8点，我一定来。"结果，她早早就起床梳洗打扮了。

她说："我希望能正式一点，不能穿一身睡衣睡裤跟你合影。"我请来护士小妹帮我们拍照，摆了心形姿势，她还意犹未尽。护士小妹说："组长，来一个公主抱吧！"这句话，显然很符合阿姨的心愿。她用目光征询我的意见，眼眶里有泪花在闪烁。我正犹豫时，她说："今天是我50岁的生日！"

好，我爽快地给她一个公主抱。拍完照，她说："你看看，合不合适，不合适就把这一张删掉。"我说："没关系，没关系。"

阿姨最后说："我过了一生最难忘的生日！"

我后悔没有早早了解阿姨的心结，临时找不到任何礼品。最后，送了她一箱牛奶，在纸盒上签上了我们所有护士的姓名，祝她生日快乐。

当天，我就给我爱人讲了公主抱的经过。爱人说："我完全理解——闯过鬼门关的人，太需要温暖，太需要爱了！"

第十章

一对老夫妻和一个孝子的故事

苟慎菊医生说："平凡的人群里，你随时能感到亲情、友情的力量。在死神散布下的黑暗中，始终有人性的火炬指引着光明之路。我们为病人付出，病人也让我们感动。"

她讲了一对老夫妻的故事——

我们刚到武汉时，接管了武汉大学人民医院东院区，有80个床位。前前后后，每天都有三五个出院，留下的都是从方舱医院转来的病情较重的病人。

在我们抢救的病人中，我印象最深的是一对老夫妻，丈夫61岁，妻子59岁。老两口，加上儿子全感染了新冠肺炎。儿子病情较轻，在另一家医院隔离。经过治疗，丈夫的症状很快缓解，核酸转阴，已经达到出院标准，但是为了照顾行动不便的妻子，他主动要求继续留在医院。

他瘦瘦的身材，据说是一位有名望的厨师，说话的火候也拿捏得很好，不疾不徐："医生，我跟老伴结婚快30年了，从来没有红过脸，从来没有分开过。她的生活习惯我最清楚，她的口音重，加之发烧，你们一时半会儿听不明白她的话。我想，我要是回家去，一个人的日子也难过，守着她，心头踏实，我还可以协助护士们做些事情。让我留下好不好？"

苟慎菊（右一）和队友

于是，他留下了。之后，和老伴同一间病房，晚上睡下来也侧着身子，面向着老伴。端屎倒尿的活，他总抢着做。他尽量克制内心的不平静，轻言细语，在老伴耳边说些鼓励的话。老伴烦躁不安，对医护人员发脾气，他连忙打圆场。我们完全理解病人的心情，自始至终，微笑服务，老两口很受感动。

后来，老伴稍微好转，他就给老伴喂饭，一勺一勺地喂。喂完了，把老伴的嘴角擦得干干净净，还说："回家给你做好吃的。"每天晚上，他都端来热水给老伴洗脚，用手试好了水温，才将老伴的脚小心地捧起，小心地放入盆中，小心地揉搓，洗完之后再小心地擦拭。那认真的态度，简直觉得是在擦拭珍贵的文物。大家都夸他俩真是一对模范夫妻，是年轻人学习的好榜样。

他俩出院时，一再向我们鞠躬道谢，又给医院写来感谢信，在信中，他们写道："我们夫妻二人于一月前入院治疗，一开始感觉没有希望了！你们对病人如亲人，对医术精益求精。是你们高超的医术把我们从死神那里抢回来了。"

> 同在武汉大学人民医院东院区的张佩，讲的是一个孝子和他妈妈的故事——

我的家乡在雅安汉源。说起支援湖北，我非常赞同，很快递交了请战书。因为芦山地震之后，由湖北援建汉源，汉源变得非常漂亮。我这次去武汉，就想到湖北人为我们重建家园的情景，忍不住要流泪。我是代表汉源人去感恩！

在我护理的病人中，最让我难忘的是一位67岁的阿姨，她是从方舱医院转过来的。方舱医院关闭之后，转到我们医院ICU的都是病情较重的。当时，我在安排如何护理好她时，一名青年男子走过来说："42床是我的妈妈，我会陪护她。"

原来，这名男子病愈即将出院，医院同意了他的请求，留下来陪妈妈。康焰主任认为：有条件的话，亲情陪护，效果最好。康主任还一直夸他是孝子。

"孝子"先学会了看仪表，了解各项指标，随时向我们通报，只要妈妈睁开眼睛，总能看到儿子的微笑。刚来的时候，阿姨还能动弹，吃饭、上卫生间也还能自理。我心里美滋滋的，以为费不了太大的周折，有我们，加上"孝子"的护理，她很快就会出院的。

不料，我上了一个夜班之后，"风云突变"，阿姨的病情突然加重。给她上呼吸机时，我的一位师兄给她插管，看她尽量张大嘴巴的痛苦样子，我有一种不祥的预感——可能是看了太多的悲剧，积了太多，忍了太久，对这位和蔼可亲的阿姨实在难以割舍，精神突然崩溃了，忍不住就哭出声来。作为有13年工龄的专业护理，这是很不应该的。

师兄盯了我一眼，医生也皱紧了眉头，我赶紧憋住，只能咬牙抽泣。

插管成功后，我和"孝子"提心吊胆地注视着阿姨的每一项生命体征，

华西援鄂医护人员与即将出院的患者合影

小心翼翼地做好护理。五天后,阿姨终于脱险。拔管之后,消化道又出现问题,肚皮一下子胀起来。我动手为她抠出硬块积便,让"下水道"不再堵塞。开始用勺子给她喂汤,又怕她呛着,换成了针管,轻轻输送到她嘴里慢慢咽下。我暗中跟"孝子"比赛,看哪个给阿姨喂得多。阿姨也很配合,尽量多吃些营养食品,身体状况进一步好转。

"孝子"就住在对面病房,为了防止血栓和褥疮,他每天给妈妈做按摩。该换衣服、换被单了,他总跟我抢着做。闲下来,他就坐在床边絮絮叨叨,用武汉普通话摆龙门阵。我们感觉到,"孝子"一天到晚,神经硬是绷紧了的。半夜也要起来几次,看看妈妈休息得如何,各项指标如何。

有一次,医生们在走廊上讨论"42床如何",他躺在床上,一下子就弹了起来,冲到医生面前问:"42床怎么了?怎么了?"这把医生也吓了一跳,医生定定神说:"我们在说,42床好转了,好转了。"

张佩和她的儿子

42床的阿姨终于可以下床走路了。从"抬进来"到"站起来",我参与了全部的护理过程,感到无比欣慰。"孝子"也该出院了,临走时,他依依不舍,对妈妈叮嘱了再叮嘱,然后对我说:"我把妈妈交给你了!"我叫他放心。阿姨也说:"插管的时候,我迷迷糊糊听见有人在哭,现在我知道了,是佩佩在哭!"

阿姨一天天好起来了,"孝子"的电话铃响过之后,阿姨总要回答他:"佩佩在,佩佩就在我身边。""孝子"一直牵挂着妈妈,妈妈只要说"佩佩在",他就不那么担心了。

在武汉,我们经常被感动,收获很大,学到了很多书本上、课堂上学不到的东西。

第十一章

最难过、最累心、最难忘的事

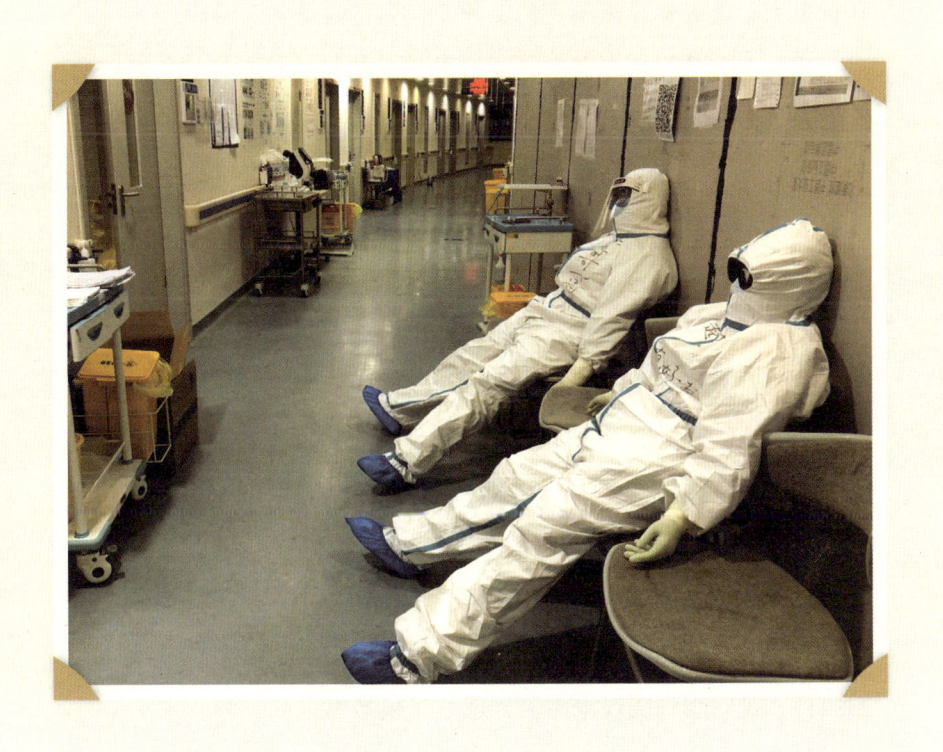

3月15日夜，我听张耀之讲她最难过、最累心、最难忘的事。那位失去了丈夫却忍痛不哭的女教师，竟让我通宵不眠。

凌晨，我又坐在电脑前，看有关武汉的纪录片。那"路灯千行照空街"的长镜头，让我体会到武汉的深重苦难，我们民族的深重苦难。久不写诗的我，为记下那痛得难以入眠的夜晚，匆匆写下《将丹心，补天缺》一首：

大武汉，飞小雪，江水在呜咽。路灯千行照空街，人踪灭。多少泣血人，万箭穿心痛欲绝，家破碎，生死别。

黄鹤楼，挂新月，江风更急切。唤起九州战毒邪，正激烈。多少白衣人，抢夺生命熬日夜，将丹心，补天缺。

下面是张耀之讲的故事——

2月7日，我们刚到武汉十多天，那是床位最紧张的时候。

有一对夫妇确诊是新冠肺炎后，排队等床位。妻子终于等到了，被收到

11床。她的病房一共有5名病人，因为她是一位退休后返聘的中学老师，口才很好，言谈中散发出乐观情绪，自然而然成为病房的"精神领袖"。她看上去还乐呵呵的，内心却一直在惦记着仍在苦苦等待床位的丈夫。那天，我按照规定穿着防护服和同事进入病区。她拖着疲惫的脚步来到护士站，哀求说："求求你们，救救我老伴儿，快点把他收进来吧！"

我身旁的医护人员马上安慰她："上级已经指示了'应收尽收'，相信您的丈夫应该很快会被安排入院的。"她热泪盈眶，抓紧了医生的手，直点头。

真的没隔多久，她的丈夫被收了进来，不过是住在ICU病房。她在13楼，丈夫在9楼，她天天下楼去了解丈夫的病情。丈夫的病情很重，身上插满了管子。几天后，她接到丈夫去世的电话。因为疫情原因，她无法去料理丈夫的后事。

我走进病房，看见她安安静静地坐着，知道她表面上平静，内心肯定是早已翻江倒海。我真想对她说，哭吧，号啕大哭一场，心里也会好受一些。可是，她没有哭，平静得让我惊讶，那是用多大的力量在压抑痛苦啊！

那天晚上，她告诉我她呼吸困难，憋得难受。我急忙做了常规检查，发现生命指征全都是正常的。我知道这是过度悲伤导致的，我轻声安抚她："阿姨，我知道您心里非常难过，您得想办法释放出来。"

她却断断续续地说："老伴儿早有预感，一再叮嘱我，他走了，我一定要好好活下去。我答应了他，一定要坚强……

"本来，我憋不住，想大哭。可一回到病房里，看到周边的病友，她们内心充满了恐惧，我一哭起来，她们的精神很可能会崩溃。我唯一的选择是坚强、坚强、再坚强……

"虽然，这种坚强很不好受……但是没法子！也许人生就是一种承受，你不能承受，就彻底完蛋了。"

接下来的日子，她依然表现得很平静，病房里一切正常。她住院期间，一直积极热情地配合我们，从不传播悲情。她的坚强，反而使我一想起就难过，非常难过！

她出院那天，同病房的老奶奶哭得很伤心。她含着泪安慰病友们："不要紧张，好好养病。我们都很幸运，是中国顶尖的华西医院的医生护士来救治我们，大家一齐努力吧，加油！"

我还护理过一位86岁的老爷爷，是从ICU转来的。新冠肺炎导致他呼吸困难，使他烦躁不安。他生活不能自理，而且嘴里一直说着我们不太听得明白的武汉方言，导致我们不能有效地沟通。我看到床旁心电监护仪显示，血氧饱和度只有90%，就立即给他面罩吸氧并安抚他。

当老爷爷的血氧饱和度稍微稳定点的时候，又到了晚饭时间。我发现老爷爷特别消瘦，因为他没有牙齿，分发的盒饭根本吃不了。于是我先用吸管试着给他喂水，老爷爷不配合，根本懒得张嘴。我又用汤勺一点一点往他嘴里喂水，他有吞咽反应了，我立即和医生沟通，之后快速从药房取回营养液。由于担心他发生呛咳，又要记录营养液喂的量，我便用50毫升的注射器慢慢喂进他嘴里，像诓娃娃一样，喝了一小口就说："吞得好，吞得好！""加油，加油！""多喝点！多喝点才有精神。"我耐心叮嘱爷爷配合吞下去。就这150毫升的营养液，整整花了30分钟才喂完，我的防护服里里外外都打湿了，但这并没有让我觉得辛苦，反而打心底开心，并给老爷爷竖了大拇指，表扬了他。

后来，老爷爷进入康复期，需要转院调理。他说什么也不走。他说，就认定了成都的医院，哪儿也不去。

说到喂饭，护士谢莉和张耀之都有同感：最心疼，也是最累心的事是给一名女病人喂食物——

这是一位去年8月因车祸做了开颅手术和下肢骨折手术，几乎全身瘫痪的女病人，今年1月又感染了新冠肺炎，医院怎么也联系不上她的家属，转

华西医院援鄂医护人员

其他医院，其他医院都不接收。她不停地咳嗽、喘息，也许蒙蒙眬眬晓得一点自己的处境，到了我们病房，发着高烧，闭着眼睛，不吃不喝，完全是要绝食的表情。

我们想过，你不吃不喝，换尿不湿总要动弹一下吧。

于是，趁换尿不湿的时候，我们轻言细语呼唤她："能不能把屁股抬起来一点？"她配合得好，我们就谢谢她。我们还让她抬起手试一试，尽可能地活动一下关节。当她渐渐地按我们的要求做了，我们就告诉她："你的新冠肺炎是可以治好的。你的未来怎么样，要靠你自己努力啊，我们一定会帮助你的。"

针对她的病情，我们从心理治疗、启发自理能力和加强营养三个方面入手，组织护理组进行讨论，并连线华西医院的专家会诊，为她制定了个性化的护理方案。

她不再绝食，开始以恳求的眼光看着我们。

给她喂饭，真是一件累心的事。她脸上有伤，总是把嘴张得很小，得用小勺小心地给她喂食，等她咀嚼几下，吞咽下去，再喂第二勺。喂急了，生怕她呛到了；喂慢了，又怕营养食品凉了，吃了冷食伤胃。一点办法都没有，只能这样喂，食品凉了，加热再喂，一边喂一边安抚她。病房吃早餐是6点钟，很早就得喂她。一日三餐，每一餐都得喂一个小时。实际上，我感觉得到，她渴望交流，希望有人在她身边。

有一次，我们一位姐妹给她喂饭，弯腰得太久，最后腰疼得直不起来了。她也觉得心疼，便往饭碗里扔下一张废纸巾，不再吃了。

我们已经意识到了，她就像落进深井中的人，爱心成了解救她的唯一的一根绳子，她抓住了这根绳子，我们只能拼尽全力，拉她上来。想到她才52岁，未来的日子还很长，却在这里遭罪，真为她伤心难过。人世间这些不幸的人，多么需要温暖和关怀啊！

十余天之后，她的新冠肺炎指标转阴，让我们松了一口大气。

一个月之后，她已经能坐在床上吃饭了。她的饭量好，一盒不够，来两盒。她还扬起手中的鸡腿炫耀："我能啃鸡腿了！"

3月14日，她出院了，我们相对无言，流了好多眼泪。我们感觉到：爱心，一点一滴，积累不断，真有力量。

第十二章

我能成为儿子心中的英雄吗？

张宏伟，机械工程师，看似与医学无关，其实他干的活与病人生死相关。

输氧与吸氧，是从死神手中争夺生命的关键。张宏伟在医院负责制氧设备的调试和维修。他的儿子画了一幅画为他送行。儿子特别迷恋飞机，画上是大飞机、直升机一齐出动，简直有一种"王炸"的气势。

儿子，对于张宏伟而言，是动力，是生活的发动机。

且听张宏伟讲他的故事——

第一批、第二批援鄂医疗队都没有我，我心里有些打鼓，咋个还没有点到我的名？我坚信，医院要派我出马。果然，第三批的名单里就有我！因为抢救呼吸道疾病的病人，氧气是"命门"。

我特别关注第一批、第二批援鄂医疗队从武汉传回来的经验。罗凤鸣主任一到武汉红十字会医院，就剑指中心氧压过低、氧量不足这一"命门"。由于这座医院先前只是一家综合性的二级医院，铺设的氧气管道只能满足100多名病人平常状态的吸氧量。疫情暴发后，就诊患者骤增，单日最高门诊量

爸爸出征武汉（绘者：张晁源，8岁）

暴涨到2400人次，原有的供氧系统无法满足患者的治疗需求。氧压低的那段时间，150斤左右的氧气钢瓶，基本靠医护人员在各个楼层、病区搬运。

罗主任的团队大量使用氧气钢瓶，为管道"补气"。氧气钢瓶用得快，送钢瓶、收钢瓶劳动强度大，人手确实紧张。钢瓶一送来，罗主任就带头"滚钢瓶"。150斤左右的氧气钢瓶，滚动起来并不轻松。他是用行动号召大家，这就是争分夺秒，早一分钟把氧气输送给病人，对于挽救生命，非常重要！

我是学机械的，我的任务就是保证氧气的充分供应。所以，一到武汉大学人民医院东院区，我就到病房做调查，测试氧气压力。和预先估计的一样，氧气压力确实偏低。

这时，有一名病人要上无创呼吸机。一打开机器，红灯闪烁，报警器"嘀嘀嘀"地响个不停，这说明气压不够。

我仔细一听，一层楼都在"滴滴滴"地响；仔细一看，每间病房都有红灯在闪烁！

这嘀嘀声，这闪烁的红灯，给我施加了很大的压力。

一名患者张着大嘴，喘息着说："我的头上就像是罩着一只塑料袋，好憋气啊！"

我真急啊，心里一直在喊："快，快，快！"

院方有医生问我："能不能用制氧机？"

我立即否定："不能！"

我的理由是，制氧机过大，没有放置的空间，且产气量也只相当于一只氧气钢瓶的量，派不上多大用场。

经调查，医院有两只10立方米的液氧大罐，每小时能产生800立方米氧气。然而只是从一根管道输出，每小时只有133立方米的输气量。我请院方找来了基建图纸，图纸上清楚标明了整栋楼的隐蔽系统，还有一根空置的备用管道。若是两根管道一齐用起来，每小时就可以输出800立方米氧气。这让我大喜过望！

为什么本院的医护人员没有发现这个隐蔽系统呢？

因为新冠肺炎疫情来得太突然，一些医生护士倒下了，正常的秩序完全被打乱，而武汉大学人民医院的后勤是外包出去的，由于"医疗服务社会化"，外包公司并不了解医院内部的隐蔽系统。联想到我们华西医院，除了清洁卫生和食堂外包，动力、配电、医疗设备和器械等都是由医院聘请的专业工程师负责的，一声令下，随时能保障临床的需要。

是医疗服务"全面社会化"好还是华西这样"有限社会化"好，这个当然不是我研究的问题。不过，我想，经过了这次抗疫，中国的医疗一定会出现新面貌。

在院方的大力支持下，医院购置了汽化器，经过连续三天三夜的安装调试，在2月14日那天，中心供氧阀门打开了，病房里响起了细细的嗡嗡声。一个个吸氧的患者，血氧饱和度指标纷纷上升。

第十二章 我能成为儿子心中的英雄？　　085

张宏伟和他的儿子

之后，华西医疗队收治了230名病人，有5人抢救无效死亡。死亡率在整个东院区是最低的。氧气供应充足了，治疗效果明显增强。

我高兴极了，三天三夜下来，头脑依然清醒。

我给家人报告了喜讯，让儿子感到老爸像个英雄。

我极少出差，从没有和妻儿分开这么久。很多人说，娃娃是累赘，我却觉得我的儿子是动力，是我生活的发动机！他不断地画画，鼓励我。听说我乘坐的是川航的飞机去武汉，他提出要求：如果再坐川航飞机，遇到"英雄机长"刘传健，一定要请他签个名，留作纪念。

2月14日是情人节。那天，手机上是来自爱人、朋友满满的祝福。而最让我们感动的，是开公交车的吴师傅给我们华西医院援鄂医疗队队员发来的感人肺腑的短信：

我不知道你们是谁，
我只知道你们为了谁！
你们是最美的天使！

华西医院共有五台ECMO，为支援武汉就带来了三台，还有可以在床边操作的小型透视仪。我们带来的这些一流装置很快投入实战。我在机电方面的活儿干完之后，闲不下来。录数据人手不够，我成了护士；没有衣柜，立即买材料组装，我又成了木工。需要我跑腿，需要我分发物资，需要我做啥子，我就跑快些。

对于医疗，我是局外人。但我感觉到我们的医疗队是个非常团结的整体。先进的装备固然重要，但团结协作才使每个人、每台设备发挥出最大效益。

基鹏医生说，这不是医学问题，是人的素质因素在关键时刻起了决定性的作用。

有一次，我跟华西的同事乘电梯，一位不知道是哪个医院的同行，挺好奇地盯着我的名字看。同事介绍我说："他就是解决供氧问题的，我们的医用气体工程师，张宏伟。"

这位同行说："还是华西牛啊！"

听有人夸华西，我觉得自己脸上也有光。

说来真巧。4月7日，我们乘川航的专机从武汉回成都，机长正是我儿子的偶像——3U8633航班"英雄机长"刘传健。他专门来到我们医疗队队员中间，跟我们合影留念。我完成了儿子交代给我的光荣任务，得到了刘传健机长的亲笔签名。

专机在云海之上飞翔，思绪在我脑海中翻腾。

回顾武汉抗疫的日日夜夜，我问自己：你是在努力，想成为儿子心中的英雄吗？

第十三章

青春的"高光时刻"

5月9日，为庆祝一年一度的国际护士节，湖南卫视《快乐大本营》推出了抗击疫情致敬白衣天使的"护士节特别节目"。网上的点击量，高达上亿！

参加援鄂医疗队的华西医院应急办副主任晏会、呼吸内科副主任刘丹、呼吸治疗师倪忠和男护士佟乐，走到聚光灯下，万众瞩目。这就是青春的"高光时刻"。

采访佟乐和倪忠，很快乐，说的是他们的"高光时刻"。

下面是佟乐的自述——

自从我成为一名护士，就常想：这个职业对我意味着什么？我的高光时刻在哪里？

2019年8月20日凌晨4点，汶川县卧龙境内，大暴雨引发了泥石流，多处道路中断，龙潭村成了孤岛，重伤员运不出去，向外界呼救，华西医院派我登上直升机，紧急飞向卧龙山区。

穿过云雾，直升机盘旋着，寻找着陆点。当直升机轰鸣着停在一块河坝时，我拿上急救包下了直升机，看到几十个人挤在一起，齐刷刷地用渴望的

倪忠、晏会、刘丹、佟乐参加节目合影

目光看着我。顿时，我觉得这是我的高光时刻，我是超级英雄，无比高大！如果是拍电影的话，我入戏很深了！

在此之前，我还经历过芦山地震、九寨沟地震。

芦山地震发生后，我们当天赶到。背着急救包，踩过乱石和泥泞，一直走到破坏最严重的地段，给伤员包扎伤口，转运重伤员，忙了整整两周。

九寨沟地震发生后，我们0点出发，天亮前赶到了县人民医院。相关各科医生护士，立即上阵，抢救伤员。五个重伤员送上了直升机，转运成都，由我看护。天气不好，直升机在气流中颠簸。我有点恐高，恨不得把脚趾头变成爪钉，抠紧地板。三个小时摇晃下来，脚刚踩到地上，顿时天旋地转，晕了好一会儿，才缓过来。

在爱人面前，我保持着很酷的形象。我为什么不挑选医院的同行为妻？

是怕今后有了孩子，两个人都要倒班，精力不够。隔行如隔山，我的爱人不了解我们这一行，就有了神秘感，多少会崇拜我。

比如，我对她说："我明天要去卧龙救人，乘直升机去。"

她瞪大了眼睛，惊叹："天哪，那么帅！"转念一想，立马补上一句："危不危险啊？"

这一次，临别前夜，我才告诉她："我要去武汉，明天就出发。"

她又一次瞪大了眼睛，惊叹："天哪，那么帅！"转念一想，立马补充说："危不危险啊？哦，太危险了！你非去不可吗？"

她眼中闪着泪光，立即给我准备东西。她知道我的口味重，特别采购了油泼辣面、榨菜。

到了武汉，空旷的机场只有我们100多人，一下子紧张起来。我的手刚刚触摸到电梯的扶手，不知谁在喊："佟乐，把手放下！"吓得我的心"咚咚咚"一阵乱跳。

一到医院，闻到那熟悉的消毒水味，紧张的感觉渐渐消失。

100多名华西医护人员，全是熟悉的面孔。大家都觉得，只是换了一个地方上班，身上多穿了一层防护服而已。武汉与成都，能有多大区别？

到了重症隔离病房，我感到我的"高光时刻"又要到了。

不少病人目光黯淡，说话有气无力，有的全身瘫软，心病比新冠肺炎更严重。病房门窗紧闭，死一般沉寂。

我想，一定要把活力、笑容、阳光带到病房。

每天输液、发药、打针、发饭、收垃圾，每天重复做，尽职尽责地做。但只要有机会，一定多和病人做交流，一声问候，一个眼神，都是必不可少的。

发饭时，我顺便问："你们觉得饭菜合不合口味？想吃什么？我去给食堂说说。"

这个说："我想吃酸菜鱼！"那个说："我想吃麻辣粉丝！"这个说："我想吃红烧狮子头！"那个说："我想吃梅菜扣肉！"按当时的条件，有些菜食堂可以做，更多的菜，食堂是做不出来的。但是，这种"精神餐厅"一开张，病房就有笑声了。

有一位病人，也是护士，我叫她姐。她很积极地配合治疗，每顿都使劲多吃饭，她想快点治好，跟我们并肩作战。我要其他的病人向她学习，多吃多长些体能，尽早打败病毒。

之后，我带轻病号跳健身操。病房门打开了，有人走出来，戴着口罩到护士站聊天。病区的气氛活跃得多了。

在我来武汉时，妈妈很不情愿，她说："抢救地震受灾群众，有你；抢救泥石流受困的游客，有你；怎么每次遇到危险的事，都有你？"

我向她解释，她不听，把电话挂了。

来武汉两天之后，我跟她视频时，发现她的嘴是歪的。我的头一下子就大了，是大脑出了问题？我要她马上去看病，又给科室打电话，请他们帮助我妈妈找医生看病。又过了一天，妈妈告诉我，科室安排得很好，是因为我走后，她两天两夜没有睡着觉，面部神经出了点小毛病，好好睡了一觉就好了。

经过这场惊吓，加之又在医院目睹了生离死别，看到喘着粗气想说话又说不出来的危重病人，我又有了一点点新的感悟——心里有爱，就要说出来！

小时候，随口说："妈妈，我爱你。"长大成人，"妈妈"二字浓缩成"妈"一个字，再说"我爱你"觉得肉麻了。想到妈妈为我担惊受怕，两夜失眠，我说什么好呢？于是，我发了条短信："妈妈，我爱你！"

发了这条短信，我觉得母子之间的小情绪，一风吹了。

我又想，在这些平凡的日子里，"高光时刻"在哪里呢？

有三位年迈的病人，有基础病，没能扛住新冠病毒的折磨，由我和我的同伴为他们送终。其中，有一位老婆婆的死，让我特别难过。

老婆婆和老爷爷，同在一病房。老爷爷转阴比较快，就转到另一个病区了。但是，他天天都要来看看老婆婆，站在门口不断地喊："加油，加油！

没有过不去的坎！"

老爷爷康复出院了，老婆婆病情却急剧恶化。我们的康焰主任、赖巍医生尽了最大的努力，从无创呼吸到有创呼吸，最后上ECMO，能用的手段用尽了，但由于老婆婆本身有糖尿病、高血压，还是被死神拖走了。我绞尽脑汁：用什么语言来通知家属？我怎么向老爷爷交代？

最后，田永明总护士长来取下她身上插着的多根管子。我和我的同伴，仔细为她做了遗体护理。

我流着泪，默默对她说："婆婆，在这特殊的环境、特殊的时期，您的任何亲人和朋友都无法来向您告别。您就把我当作自己的孙儿吧。我代表所有的，您的亲人和朋友，送您上天国。婆婆啊，您一路走好！"

工作人员来到病房，把婆婆推走了。

我的眼前一片模糊，什么都看不见。哪有什么"高光"？

回顾在武汉的这些日子，每天重复地尽职尽责地做着自己的工作。我觉得，每天都是我的"高光时刻"！

年轻的呼吸治疗师倪忠，谈到他的"高光时刻"，就是在紧急情况下，把垃圾袋套在颈上。在那一瞬间，一个小小的动作，把华西的医护人员不顾一切救治病人的坚定决心，表现得淋漓尽致。

倪忠讲述道——

一到武汉，我们就"领教"到新冠病毒的厉害了。第一次查房，从1床查到40床，看CT片子，用1月30日的片子对照2月2日的片子，一张又一张，真怀疑是不是拿错了片子！那病毒就像"白蚁"，1月30日还是小点点，三天之后就连成了一片白斑！

一位37岁的患者，只能斜躺在床上，一下床就出不赢气。头一天，他还跟我聊了天，感觉非常亲切。第二天上班，就说是他还没熬到天亮就咽气了。真是太快了，病毒太凶悍了！从来没见过这样的"白蚁"，占据了肺叶，疯狂繁衍，让患者呼吸困难，被活活憋死。

初到武汉的那几天，物资极为紧缺。特别是正压头套这类与患者密切接触时医生必须穿戴好的防护装置，非常稀少。

我们病区的一位患者，病情急剧恶化，血氧饱和度下降至75%了，需要立即给他插管。而整个武汉大学人民医院东院区只有一名麻醉师，只有他有正压头套，他正在别的病区忙着给患者插管。什么时候能赶来，根本无法确定。

打完电话，刘丹主任急得连连自问：怎么办？怎么办？

没有正压头套，只能等麻醉师回来。我们都急得浑身冒汗。

患者的血氧饱和度还在继续下降，从75%降到70%，再降到68%，再降到65%……

患者的心跳迅速加快，从120到130，再到140……

不能等了！刘丹主任说："我们自己插管。"

我知道，插管时，患者呼出的气体带着病毒的气溶胶；如果出现呛或者咳，更会喷出带病毒的痰液。这是极其危险的工作，但我必须上，尽快上。

我戴上面屏，但总觉得要漏风，很不严实。情急之下，刘主任建议用淡黄色的垃圾袋当"围脖"。于是，我们迅速将垃圾袋套上脖子。不错，还不影响视线。

在同事们的关注下，我一次性插管成功。

患者的血氧饱和度很快提高，趋于正常。急跳的心，也渐渐平缓下来。下班后，我从医院出来，长长舒了一口气。

在回宾馆的路上，我没有一丝一毫"成功的喜悦"，一直在回忆插管时的每一个细节，生怕在操作中出现纰漏，不仅我要被隔离，整个医疗队都会被隔离，这将是抗疫中不可估量的损失。

了解到所有的现场医护人员没有被感染的迹象，我才放下心来。

现在，每当看到黄色的垃圾袋，我都会想起在武汉的那次特殊的插管。

冒险，真是太冒险了！

年轻的呼吸治疗师王鹏，在千钧一发之际，用非常规的冒险操作救下了患者生命之后，他却平静地说："平时要有基础，急时才有胆量！"

王鹏的青春，一次漂亮的亮剑，直刺病魔咽喉。

这是王鹏的"高光时刻"——

在ICU，我的面前，一位40多岁的患者喘着大气，不由自主地拼命扩胸，仿佛要把救命的氧气，深深吸入肺中。高流量的氧气，通过管道分秒不

呼吸治疗师王鹏

停地经面罩输入，血液中的氧饱和度依然下沉在50%左右，患者的生命，到了最危险的时刻。

我和华西医院ECMO专家赖巍、武汉大学人民医院的麻醉师乔芊芊紧急讨论后，做出了"立即插管抢救"的决定。

这样，就是将氧气管经口腔插入气管，直接向肺部输氧。

让人揪心的是，插管之后，患者的血氧饱和度却进一步下降，下降得让人心跳加速、目瞪口呆，跳崖似的，从50%一直跌到了最低点2%。

我明白，患者的心跳，几乎都要停止了。

为什么插管之后，血氧饱和度不升反降呢？我判断，是插管时，患者最后一点自主呼吸被停掉，肺部塌陷了。血泵不到肺中，肺不能给血加氧……这样的恶性循环必须立即终结。

患者的生命，到了读秒阶段！

危急关头，我做了一个大胆的决定：用呼吸机对患者进行"肺复张，把肺泡打开"。

也就是说，加大气压，把肺泡冲开。

这样的操作存在很大风险，压力过大过猛，会把肺吹炸，对患者的心脏是一个极大的考验。

在当时的情况下，已经没有第二种办法可以抢回患者的生命了。放手一搏吧！

几十秒钟的操作，伴随着我的心剧烈的跳动，换来令人欣喜的结果：患者的血氧饱和度开始直线上升，30%，70%，80%，90%……在场所有的医护人员击掌表示祝贺。

事后，我想，我如此"胆大妄为"，得感谢华西的老师们，他们平时对我们严格要求，同时又鼓励我们大胆探索，对年轻人非常放心。

还得感谢母校华西临床医学院，它是中国大陆首家设置"呼吸治疗"学术方向，川内唯一培养呼吸治疗师的医学院。感谢梁宗安教授，他是培养呼吸治疗师的首创者和践行者。

激战武汉（绘者：余弈成，5岁）

据我了解，这次奋战在全国抗疫一线的华西呼吸治疗师有30余人，分布在武汉、成都、上海、重庆、济南等十几个地区。呼吸治疗师，不是医生也不是护士，却专管着生命攸关的一呼一吸。

祝福天南地北的学友，在抢救患者生命的过程中，不断闪现出青春的"高光时刻"。

第十四章

快乐的"老板娘"

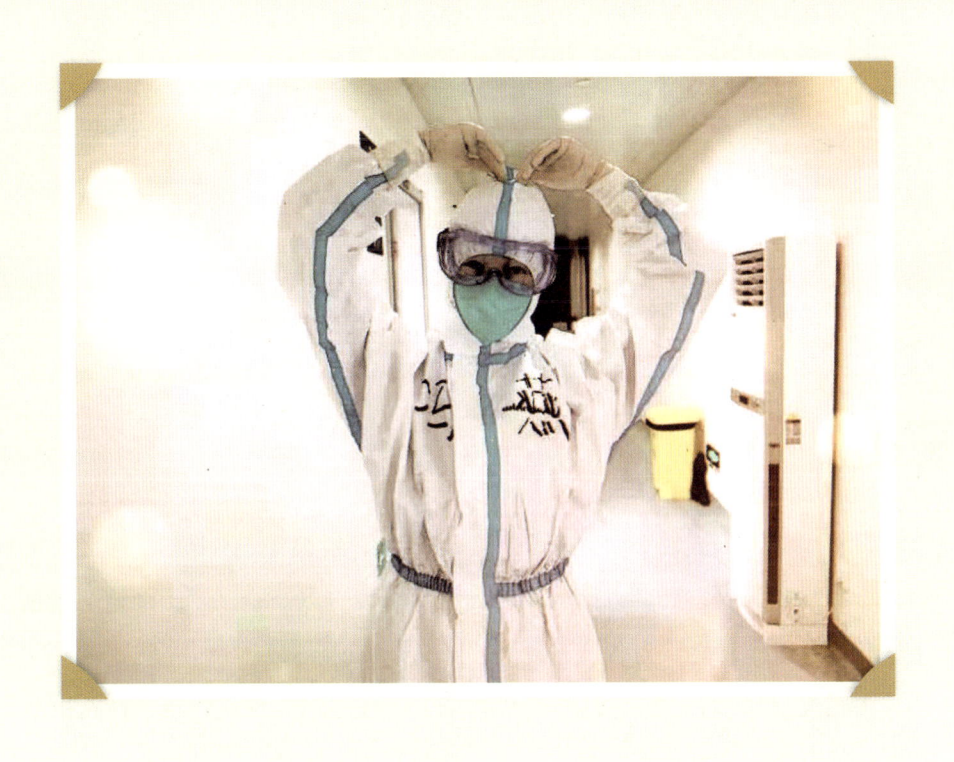

医生护士都给我说:"你别净听沉重的故事。我们在武汉,天天都有'开心一刻钟'。"

冯燕,是ICU的护士,后来成了"小卖部"的专职"老板娘"。同事评价她"外貌柔美,内心刚强",背地里叫她"开心果""欢喜豆"。从封闭、紧张、忙碌、揪心的病房走出来,她的"小卖部",是唯一能让神经松弛下来的地方。

我拨通了"老板娘"的电话,正是午饭时间,一串银铃般清脆的笑声传来,听她在给闹哄哄的周边打招呼:"不给你们开玩笑了,我有正事了!"

我们华西医疗队的队员们,都叫我"老板娘"。从2月7日宣誓出发,咋个也没有想到来到武汉要"转换角色"当起"老板娘"。只因为,我在ICU当护士,顺带着管点后勤方面的事,大家觉得我有点经验,"康师傅"康焰主任就以"工作需要"为名,让我当"老板娘"。

头几天,我天天在驻地清点各种物资,不仅是后方配送物资,还有捐赠物资。物资来了,要负责清点、入库、发放,经常忙得晚饭都顾不上吃。物资清理顺畅后，又应领导安排到病区整理患者病历，偶尔临床缺人时也会主动要求进污染区工作。

在驻地，我管着两大类物资：一种是医疗物资，登记入库、出库，盘点每日防护物资数量，与病区及时沟通所需物资名称、数量，定期计划物资，比较单纯，好管一些；另一种就是生活物资，那种类就太多太丰富了——全国人民都惦记着我们在抗疫一线的医护人员，捐赠物品源源不断地分配到我们医疗队。如果是水果、点心之类有保质期的东西，必须尽快分发到每个人手上，一个也不能漏掉！鑫阿丹酒店腾出一间餐厅给我做保管室，临时的库房条件简陋，摆放着各种生活用品和食品，毛巾啦，洗手液啦，洗发水啦，方便面啦，零食啦，饮料啦……琳琅满目，完全像个自选小超市。没想到，这里会成为我们华西医疗队的队员们下班之后最喜爱的地方。

刚开始，大家都叫它"小卖部"，后来，就开始随心所欲地给它起名字。先叫"荷花池"，后来觉得太土气；改称"春熙路—太古里"，又觉得是大词小用；发鞋子时叫它"奥特莱斯"，发衣物时叫它"OLE""IFS"，最后比较一致地叫它"鑫阿丹的IFS"。为什么叫"IFS"？都晓得，成都太古里有一座高档购物中心IFS，最扯眼球的是有一只巨大的熊猫趴在外墙上，准备攀上顶楼。这是成都最新的商业地标。平时，那里人气很旺，放大假时，更是人山人海。把我的"小卖部"叫"IFS"，那是怀念成都，想要在我的"小卖部"找到闲逛IFS时的那种感觉。

下班后，部分人回到酒店，有事没事，都要在"鑫阿丹的IFS"逛一逛。按规定，彼此相距一米以上，都要戴好口罩，打个招呼，说几句话，问一问你家里我家里如何如何，哈哈一笑，从激烈拼杀的医疗战场，一下子回到了烟火味十足的人间。若是发放什么东西，大家都来领取时，更是笑语喧哗，一派热闹景象。

捐赠者送来了鞋子，由于鞋码不全，也不可能全，大家就挑自己适合穿的尺码。"小卖部"就被叫成专卖断码鞋的"奥特莱斯"。

那边在吼："哪个看到45码的大鞋子？我穿45码！"

这边在叫:"有39码的女鞋,哪个大脚美女穿39码?"

有人好不容易挑上了一双鞋,穿起来费力:"未必我长胖了,脚长肥了?"

有人挑鞋、试鞋,冲着我开玩笑:"老板娘,咋个尽是小号的呢?你安心给我穿小鞋嗦?我没有得罪你哇。"

有些男老师、男医生,平时看着很严肃,一来"小卖部"就开始挑选各种食物,小火锅、饼干、奶茶、瓜子、巧克力,比女生还好吃。有时,我要调侃一下:"看看你们的肚子哟,几个月了?该忍点嘴了!"他们不好意思地说:"哪个喊你摆了那么多好吃的呢?""哈哈哈,就喜欢吃点这个。"我忙接话:"喜欢就好。吃了,有时间一定要锻炼一下哟。"

发放女士内衣,又是一番热闹景象。

领到东西的女同胞,在身边走过,排队的男同胞不知情地问:"喂,今天又领什么好东西嘛?"

女同胞反问:"老板娘没通知你嗦?你用不上的,女士内衣!"

男同胞这才晓得,被同伴"整了冤枉"排错了队,引起一阵哄笑,便自我解嘲地说:"哦,是领女士内衣嗦,那领不成了,不过排都排到了,我还是要拿点其他的,慢慢选一下。"

女同胞"扑哧"一笑:"你去多领些一次性内裤嘛,慢慢用!"

除了分发捐赠物品,队员中有什么需求,也会马上告诉我。

有女同胞反映,站久了,小腿静脉曲张,需要弹力袜;面容损伤厉害,需要面膜。

我马上通知"娘屋头"——就是我们医院后勤,立即采购弹力袜和面膜。我一通知:"面膜、弹力袜到了,快来领!"我的"小卖部"这时又被叫作"太古里"了。

天气渐渐暖和,窗外的垂柳都快冒出绿色小米粒了。又一批捐赠物品发下来了——当我通知大家领毛皮鞋时,大家都嘲笑我:"老板娘,你早一个月给我们发毛皮鞋,我们会大呼万岁,这个时候,该发春装了嘛。"

谁知一个个"饶舌鬼"还没有充分"发癀言",老天爷就叫他们闭嘴了。因为倒春寒突然袭来,武汉雨雪纷飞,一个个缩着脖子钻进酒店,就跺脚喊:"好冷啊!"

这毛皮鞋,发得正是时候,都在说:"老天爷在帮老板娘啊!""早不发,迟不发,一下雪,发毛皮鞋了——老天爷跟老板娘是商量好了的。"

我总觉得,作为护士,要在第一线拼搏才是,当这个"老板娘"忙忙碌碌,没得好大的意思。我们队上的心理医生杨秀芳,跟我摆了龙门阵,不知不觉,就从心理学的高度,把我的工作从理论上总结了一番。她说:

"你想一想,防护服穿了一天,又热又闷,脱了防护服,轻松一点,回到驻地,只能待在自己房间,完全隔离起来;外边有大好春光,不能出门半步。特殊时期,每天接触那么多负面的情绪,听到的是呻吟声、咳嗽声、呼叫声、喘息声,看到的是伤口、管子、瓶瓶罐罐、流血流脓。医护人员一直坚强地顶住各种压力,抢救生命,连金属都有疲劳症,人怎么能够一直扛下去呢?你的'小卖部',从心理学来说,是内心压力转移与释放的好去处。大家来逛逛,笑一笑,乐一乐,说点开心事,甚至插科打诨,开一些无伤大雅的玩笑,就是一种集体的'行为自疗'。你这个'老板娘',等于是天天在给大家输送精神上的新鲜氧气,让一个集体保持朝气蓬勃的状态,你的功劳真不小啊!"

经她这么一说,我也才感觉到,当好"老板娘",对支持抗疫,也很有意义。有几个年轻的好吃嘴,爱在我的"小卖部"找零食吃。她们开玩笑说:"老板娘,你把我们惯侍得好,想吃啥就拿啥,不用付钱,拿到就走,已经养成了习惯。以后回到成都,不付钱就抱起东西走,会被当成小偷!——这都要怪你哟。"

前两天,收到一条微信说:"美丽能干的老板娘,这双鞋出奇地舒服!"

另一条微信则说:"这一段时间长了点膘,减减肥,这一双鞋是可以穿的。"

一起携手消灭病毒（绘者：黄梓萱，11岁）

"小卖部"方便了医疗队队员，"业务"不断扩大，延伸到了病房。患者有需要，我们就在"小卖部"看看有没有合适的可以支持，用小推车将洗漱用品、纸巾、方便面、牛奶、营养粉、水果等推到每一间病房门口，能走动的病人可以看看，挑选一些他们需要的东西，不能下床的，我们会到病床前，问问他们需要什么。这真是"大家吃，大家香""大家用，大家乐"，让病人与我们的医疗队队员一起享受到全国各地送来的温暖。

病人又提出其他要求。比如，头发太长了，想理个发。好，我们的唐医生正好有空，马上换衣服，在走廊的一角开始理发。一个新的服务项目又开始了。

这几天，让我高兴的是我的大女儿——11岁的萱萱——画了一幅抗疫宣传画，表现各界人士携手抗疫，得到专家的好评，将送到省上的展览会去展出。萱萱用她的画，不断为我加油，为我们的医疗队加油，为武汉加油，为中国加油！

第十五章

在暖心的团队，做纯粹的医生

基鹏写于武汉的《战地笔记》在英国医学杂志上发表了，她的加拿大导师格伦·范·阿斯德尔大为赞赏，说了这样一句话："这才是真实的中国！"

我认为，这是基鹏对此次中国抗疫的特殊贡献。

基鹏是千千万万普通中国医生中的一员，她具有天使般的爱心和战士的责任感。稍有不同的是，她喜欢写作。在充满呻吟和呼救声的日日夜夜，在救治一个个危重病人之后，她挤压了少得可怜的睡眠时间，用被药水泡得发白的手指，为我们记录了2020年春天，华西医疗队的医生和护士在武汉与死神争夺生命的鲜为人知的故事。

2月初，当基鹏的第一篇《战地笔记》在网上发表之后，30多万的点击量，让她一愣。在一片"加油"声中，她强打精神，指头在键盘上顽强地行军，终于完成了她的《战地笔记》。

在赴武汉之前，基鹏是一名儿童ICU的医生。

ICU，对于民众来说，是个听着令人后背发凉的地方。再想一想，那些儿童，甚至吃奶的娃娃——人类的幼芽被插上多根管子，在陌生环境中命如游丝。他们睁开眼睛，看到的是白衣人匆匆来去，输液瓶挂满床前，没有玩具、没有亲人、没有色彩与音乐的一片密封的纯白世界，多么恐怖啊！

"基妈妈！"基鹏听到了儿童们这样呼唤她。

我以为，不管今后会叫她什么——基鹏博士、基鹏作家、基鹏什么"长"等，都不如"基妈妈"动听，不如"基妈妈"亲切可爱。"基妈妈"是最适合她的名字！

有关她在儿童ICU的故事，她没有聊过，但凭她将一个娃娃给她的画像挂在办公室，作为每一篇《战地笔记》的尾花，就可见那些呼唤"基妈妈"的孩子在她心中的地位。

一到武汉，基鹏就在她的防护服上写上"基妈妈"三个字。

下面是我整理出的她通过电话给我讲的战地故事——

在武汉抗疫的60天，很紧张，很累，可以说这段经历是独一无二的，不可复制。真正要离开武汉了，又觉得太突然了。跟酒店的工作人员说"明天就要说再见"，酒店的工作人员眼圈红了；跟武汉大学人民医院东院区的医生护士说"明天就要说再见"，他们一个个声音哽咽，难分难舍。

如果要我总结自己这60天的经历，我觉得是"在暖心的团队，做了60天纯粹的医生"。

什么叫"纯粹的医生"？

抢救危重病人，不用考虑付不付得起医药费、符不符合医保政策、需要什么药、采用什么医疗手段效果最好，就按预期最好的结果救治。ECMO一开机就是6万元，每天费用1万元，不管它，只要能让患者活过来，该上就上！

绝对不考虑"医患矛盾"，不担心患者家属闯上门来闹。一来，新冠病毒的凶顽，众人皆知；二来，无论是患者还是患者家属，都相信医护人员在全力以赴地争夺生命；三来，没有防护服，进不了住院部，更进不了ICU。

在武汉的这个特殊地区,特殊时段,"医患矛盾"仿佛销声匿迹了。

我身处武汉疫区,爸爸妈妈平常念经一样重复的话题,什么催找男朋友,什么催婚啊,暂停了好多天。也难怪,我是非典暴发那年,即2003年考入华西临床医学院的,出乎我妈妈的预计,读了本科再读研究生,30岁还在读书,又去加拿大进修了一年,再读博士。眼看我的中学同窗,当爹当妈的比比皆是,我还是单身一人,我妈妈咋不急?可是到了武汉,爸爸妈妈只会说:"安不安全啊?你要注意啊!小心啊!"耳朵边,一下子清净了下来。

再说,到了武汉,考博士、当教授之类的"当务之急"全搁下来。

在武汉,能够目不旁骛、一心一意专注于治病救人,做一个"纯粹的医生",那种感觉真是太好了。当然,这种感觉,也是因为身处一个暖心的团队。

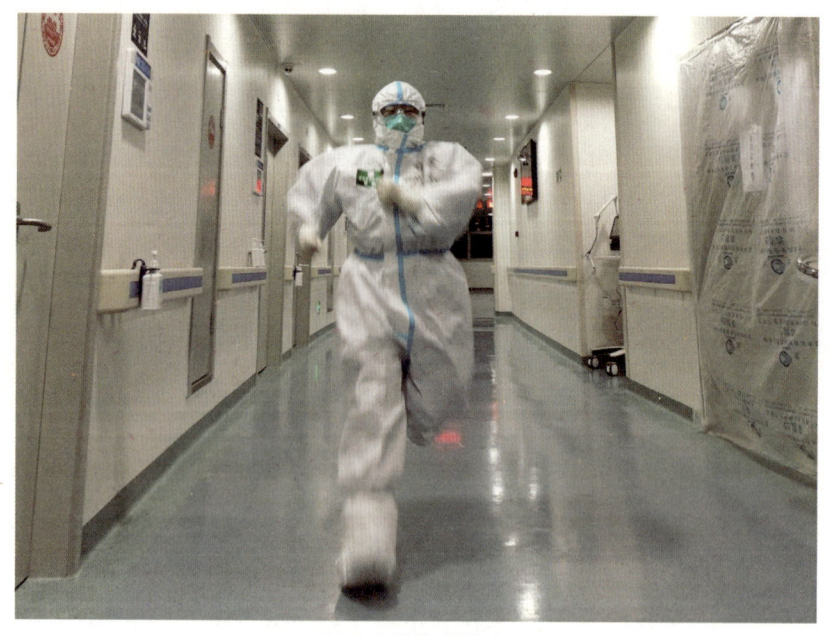

战斗在前线的基鹏

我曾在加拿大多伦多大学医学院ICU进修。在北美的医学界，流传着一种说法："多伦多大学医学院'名声不好'，是因为对学生要求太严格；多伦多大学医学院名扬四海，是因为对学生要求太严格。"

格伦·范·阿斯德尔作为著名教授，真令我望而生畏，紧张得不得了。一接触，才感觉到他待人非常谦和，做事非常认真。每每讨论医案，他的一双眼睛注视着你，细心听取你的意见。他对我说："一个好的医疗队长不是为了成就自己，而是带出一个成功的团队；团队成功了，自己就成功了。"

由于有了格伦教授这个核心，我觉得ICU的医护团队是温暖的集体，由此，天寒地冻的多伦多也变得温暖可爱起来。从加拿大归来，在华西的ICU工作，我在"康师傅"康焰主任手下，又找到了在多伦多大学进修时那种感觉。

这次出征，一到武汉，女同胞们纷纷剪短了头发。几个年轻的女护士对自己保养多年的黑缎子一样的"秀发"依依不舍，嘴上不说，心里头不知有多酸楚。

"康师傅"面对这情景就说："来，来，来，陪个义气，我陪你们剪。"在大家的围观中，他一带头，几个男同胞都剪短了头发。

背地里，女同胞们都说"康师傅"的情商真高。

第一次给重病号插管，本来是他手下医帅的事，他手一挥说："我来！"

这又是他的"心计"：穿着厚防护服，手脚就不可能那么麻利，加之贴近患者呼气的口鼻，危险性极大，他担心年轻医生第一次操作会因为紧张而失误，便亲自做。做好了，便给身边的年轻医生说了声："别紧张，手要稳，看准了，动作快。"

刚接手80张病床，一切没理顺，人手非常紧张。急需的液氧送到了，他手一挥："滚钢瓶，我来！"走到病床前，侧耳听到重浊的呼吸声，他又说："该吸痰了，我来！"为了抢救危重病人，一干八小时，刚走出监护室，换了衣服，准备喘口气，又听见监护室有新情况，立即换上防护服，说一声:"我来,我来!"

就像战场上冲锋在前的指挥官,一声"我来"让所有的部下信心满满,愿意紧跟着他勇敢前行。

但是,他的要求是很严格的。查房时,我们要从头到尾把病人的各项数据烂熟于心,像倒豆子一样一口气背出来。药物剂量,主要指标,用药方案,近期检查结果,每天吃了多少食物,拉了多少尿了多少,甚至还不时问到放屁打嗝的事,反正,如果你结结巴巴,表达不准确,他眉头一皱,就让你倍感压力,下一次就好好准备,多下些功夫。经他"夹磨"出来的医生,就是不一样。

此次援助武汉,ICU与非ICU的医护人员,会不会产生矛盾?换句话说,ICU的医护人员,工作相当繁重,其他科室也选派了精兵强将。怎样吸纳各科所长,把各科医生的意见综合起来?

"康师傅"是这样安排的:每天早上查房,听各家意见。下午有例行的病案讨论制度,即多学科会诊,让各科医生充分发表意见。与会者通过手机、电脑视频,在宾馆、病房值班室就可以参加讨论。

这样的多学科会诊,不仅在武汉大学人民医院东院区推广,而且通过远程传输,扩大到川北医学院和齐鲁医学院。

我感觉到,这次抗疫,付出了惨重的代价,医疗过程中最宝贵的点点滴滴的小经验,都是用生命换来的。参加这样的多学科会诊,能获得读研、读博都学不到的鲜活的经验。

"康师傅"已经非常累了,还坚持主持会议。对于患者来说,自己的病症受到那么多医生的关注,出主意,想办法,心理上也是很大的安慰。

在"康师傅"的带领下,我们这个团队真是暖心的集体。

小师弟何敏,才29岁,在华西硕博连读,已经戴上了医学博士的帽子。他报名参加医疗队,被我阻拦:"你咋个能去呢?娃娃没满月,你媳妇咋个搞得定?"他还是坚持要上前线。我就拜托我的一位懂小儿科的闺蜜去帮他媳妇,有什么事,随时可以咨询。

2月13日，是何敏的生日，也是他的女儿小荷叶满月的日子。我得此信息，火速录制了师长、同事、朋友以及何敏的父母家人向他祝贺生日的视频，并在两位导演朋友的帮助下，赶在晚上12点前剪辑完成了"专题片"送给了他。

亲切的祝福，穿插了何敏从孩童、少先队员，到长大成人的照片，特别暖心。更让人感动的是，远在成都的同事胡志说："敏敏，你看嘛，哥跟你一样，剃了光头！等你凯旋，一起吃火锅。"而媳妇的表扬更令人陶醉："老公，我给你打一百分。我不怕你骄傲！"

如果说，在我们的团队，"康师傅"像是严厉的爸爸的话，那岳老师就像慈祥的妈妈。她随时都是和风细雨的表达，是除"康师傅"外带我们看病人最多的老师。跟她聊天，我随口提到一位已经出院的病人名字，她马上脱口而出病人当时的病情、长相、性格、情绪。我发现她是少有的不称呼病人床号，而是称呼病人名字，记忆力超群的老师。她教我，要以心换心，以人为本。在以后的从业生涯中，我要从称呼病人的名字开始。

"队宝"老徐——徐原宁教授——圆墩墩酷似一休哥的光头，让我看到一个好医生闪闪发光的样子。我跟他顶过牛，红过脸，越是"争执不休"，我越是佩服他。他专业过硬，责任心强，一提到心脏和循环就侃侃而谈，逻辑严密，证据充分，开口就自带三分权威的光环。什么是最好的医学团队？人云亦云大概是世上最容易的处事法则，迎合往往比挑战来得轻松得多。但是，"一团和气"绝不是真正的团结。与老徐相处，永远有新鲜感，永远有思考。我常常想，医学不就是在争论和怀疑中进步的学科吗？

CRRT（连续性肾脏替代治疗）"小王子"张凌老师之所以被叫作"小王子"，大概是因为他温文尔雅吧。在这次新冠肺炎的救治中，身为肾内科CRRT专业方向的张老师被"康师傅"委派一同参与重症病人的管理。值夜班、写病历、做操作，做了许多在他这个年资的医生可能都不再染指的事情。他从未抱怨，也从未比我们多休息一天。"小王子"开创性地在东院区实施体外二氧化碳清除技术。低调的他一个人在默默无闻地摸索和开展这项技术。除了帮我们病区的病人做，整个东院区的这项技术都是他一个人在做。"小王子"身上，流淌着跟小王子一样的血液，"最重要的东西是眼睛看不到的"。

我们团队，还有"ECMO爸爸"赖师兄，关键时刻，让ECMO大展神威；还有"开心果"薄姐姐、"强迫症"雪姐、"耿直汉子"老王、呼吸老王、呼吸老薛，还有"老黄牛"田永明，快乐的"老板娘"冯燕……

在武汉的60天，我们暖心的团队的每一个成员都在尽责尽职地工作，结下的深厚友情是我一生的财富。

我作为前线的医生，还出席了"国际心连心"网络会议，介绍了情况，回答了问题，进行了交流。

格伦教授知道我去武汉，很高兴，建议我注意些什么，要小心。后来，他又问我什么岗位穿什么防护服，死亡率，早期识别方法，加拿大要做哪些物资上的准备，等等。我的《战地笔记》在英国医学杂志发表之后，让世界听到了中国医生的声音。他为他带过的中国学生深感欣慰。

我相信，疫情之后，中国的医学会向前大大地迈进一步。我想，改进儿童ICU的设想，将会逐步成为现实——简单说来，就是把封闭的ICU变成开放的ICU，父母和亲人，甚至宠物都可以和患病的娃娃相处，娃娃不觉得害怕、孤单，儿童ICU病房将成为"儿童乐园"。

有了武汉60天的磨炼，我更有充足的信心，当好娃娃们心中永远的"基妈妈"。

第十六章

"重症八仙"之康焰

华西医院第一批、第二批援鄂医疗队队长都出自呼吸科，第三批援鄂医疗队队长是重症学科主任康焰教授。华西医院这样的"出兵"，完全符合武汉前线的"战况"——元宵过后，全国各大医院ICU医护人员10%都集中支援湖北。在大规模的"应收应治"之后，留下的重症患者比例越来越大。部分重症患者肯定会向华西医疗队所在的医院送。

康焰，因在汶川地震、玉树地震抗震救灾工作中表现突出，荣获"四川省五一劳动奖章"。这位功勋教授率领130人的队伍驰援武汉，其中一半护士出自华西ICU，摆出了与死神决战的阵型。

4月初，国家卫健委在武汉组织了重症领域的专家座谈会，每天下午讨论因患新冠肺炎病故的案例，一个一个地过，以总结经验，指导抗疫。会议开始之前，一记者说："到外面的小树林给你们照一张不戴口罩的合影吧。你们稍微隔开一些。"

就这样，咔嚓一声，专家们各依一棵大树，留下了珍贵的合影。一看，专家八位，七男一女，他们分别坐镇武汉七家定点的重症医院。在大部分援鄂医疗队已经撤离时，他们仍坚守ICU，继续为514位重症患者"拼杀"出一条活路。

> 真是巧合，神话传说中的"八仙"也是七男一女。于是，"重症八仙"之名迅速火遍全中国。
>
> "重症八仙"之一的康焰，从事重症救治近30年，看他走路极快，说话中气十足，完全是小伙子的范儿。一问及华西ICU的由来，他便说到恩师吴言涛教授。
>
> 吴言涛，非常熟悉的名字，38年前，抢救日本登山队队员松田宏也时，我曾采访过他。

对，就是当年普外的吴言涛教授，在抢救日本登山队队员松田宏也之后，就想到建立华西的ICU。

1982年5月1日，日本登山队队员松田宏也和菅原信登上了贡嘎山海拔7000米的高处，便与大本营失去了联系。半个月后，在日本，登山队和家人为松田宏也举行了追悼会。令人震惊的是，5月19日，毛光荣等四位彝族农民在贡嘎山下海拔2900米的地方发现了奄奄一息的松田宏也。

由于交通不便，松田宏也被送到华西医院已经是失踪后的第23天了！他身高一米七二，在高山高寒强紫外线暴晒下，瘦如一具黑色根雕，腹部下陷如舟状。要抢救松田宏也，必须进行多次外科手术。华西外科、内科、血液科和营养科的专家通力合作，一系列医案的实施，使松田宏也得以死里逃生。

日本医学界轰动了。日本著名的高山医学专家金田正树高度评价说："对松田宏也病情的准确判断，果断治疗，尤其是对危险性极大的DIC（弥散性血管内凝血）的治疗，是在医学的极限下进行的，实在令人佩服！"

后来，吴言涛教授对我说，对松田宏也术后的医治与监护，就是华西在重症救治最初的实践。搞重症救治，成了他一生的夙愿。

我是1982年考入华西的，毕业之后，11位同学只有我一人留校，在普外做得得心应手。1991年，卫生部指示各大医院要建立ICU，我的研究生导师吴言涛，让我去ICU干三年。当时我想可以丰富临床经验，见识许多重症，什么都不怕，就去了。三年之后，他又说："你还得带个徒弟才能回普外啊。"结果，又干了三年。

一天，吴老师一边喝着茶，一边盯着我"诡异"地笑。我不晓得他笑什么。他故意说："你咋个不嚷着回普外了呢？"我回答说："我离开普外六年多了，同一起跑线上的师兄师弟都跑了好多圈了，我回去也追不上了。回去干什么？"

当年，草创ICU，条件很差。抢救松田宏也时，他三次心衰，医护人员手中也只有血压计、听诊器。麻醉科才有一台测血氧饱和度的仪器，各科都抢着用。国外来华交流的外科专家，看到我们的设备太简陋，竟然不敢做示范手术。后来，随着改革开放，经济腾飞，医院大量引进先进仪器设备，我们华西ICU的硬件才完全达到了国际水平。

我心中明白，我干重症救治已经"上瘾"了，就一直干了28年。

这次去武汉，还有点"小波折"。

2月2日，张伟书记和我，带着第二批援鄂医疗队20多名队员，跟亲人告别，在八教学楼门口参加了欢送仪式，然后到了机场。行李都托运了，突然接到通知，让张伟书记和我还有两名护士长四个人立即回去，另有安排。当时，我们有种说不出的滋味。坚决服从命令吧，好在机场很给力，把我们的行李找出来，我们又回到了家里。那几天，真怕遇上同事，否则见面就得解释"刚刚才告别，你咋个又回来了呢"，潜台词是"是不是逃兵啊"。幸好，那五天忙得不可开交，每天跟李为民院长一起，为全省的新冠肺炎患者进行电视会诊，让我又找到了存在的感觉。一直到2月7日，才又一次派我带队去武汉，总算到了第一线。

最初一周的忙乱、紧张，甚至无序，伴随着氧气供应不足，病床边不断闪红灯，不断报警，把心都揪紧了。到了情人节那天，我们带去的医用气体工程师，会同武汉大学人民医院东院区的后勤，接通了又一条输气管道，那一瞬间，就像停电的黑屋子里突然来电了，眼前一片光明。病人的血氧饱和度上去了，真让我高兴得不得了，这真是情人节最好的礼物！

我们的病区收下了230名新冠肺炎重症患者，算一下我们的医护资源，不能把精力平均分配了，十个指头都伸开了，形不成拳头，会首尾难顾。我们把重症又细分成绿、黄、红三个级别。

绿区的重症患者，人比较年轻，没有并发症，按标准就可以治疗。这在230名重症患者中约占70%。

再就是划入黄区的重症患者，年龄偏大，有高血压、糖尿病等基础疾病，除严格按标准治疗，随时观察，不激化其他的并发症，这种患者大约占20%。

划入红区的重症患者，一般是年龄大、体况差、有并发症、器官衰竭的患者，约占10%。对于他们，医生是1对1，护士是24小时守护。我们的心血管、肾脏内科等医生，随时也在关注着病情发展，患者的每一次呼吸，每一次心跳，每一项生命指标，全在我们的掌控之中。我们的主要精力，都投入到了红区的重症患者身上。

最后结果是，230名重症患者走了5个，年纪最小的73岁，死亡率为2.17%。

有记者夸奖我是"华西标杆"，我希望我们的年轻人都是华西的标杆，我们整个医疗队是华西移动的标杆，走到哪里，哪里的患者都能得到与华西同质化的治疗。

要做到同质化的治疗，需要同质化的管理。对于年轻医生来说，先要按标准做，按规范做。有了科学的标准，会避免许多错误。在年轻医生上面是主治医生、教授。在教授那个层面，必须考虑患者的特殊性在哪里，什么样的方案是最优的医疗方案。三个级别的专业诊治，从不同层面合理地使用了医学力量。

在东院区，我们一直坚持多学科讨论会。每天上午，我们都会对红区重症患者的病情与治疗方案，进行认真的过细的讨论。除了重症科的，还有心内科、肾内科、感染科、风湿免疫科、中西医结合科、神经内科的医生参与，因为涉及老年患者，老年科医生也来参与。我们提倡"SPEAK

多学科会诊

UP"——把话说出来。因为红区的重症患者，面临多种器官的衰竭，让各科医生根据自己的临床经验畅所欲言，会让我们的决策更加合理。

我们的团队，习惯了这种"SPEAK UP"。有一天，我和一位外院的教授一起查房，我对一位患者的治疗措施说了看法。负责该病人的基鹏，当即反问："对于这个病人，你提出的措施有特别意义吗？"我说，回头我会解释的。外院教授见到住院医生竟敢当面给主任提出不同观点，很惊讶，他说他从来没见过。我说，年轻医生能把话说出来，是很可贵的品质。我们的团队能越战越勇，是我们团队有这样一种风气。

在武汉战"疫"，除了保证同质化、规范化，更关注个体化、精准化。因为10%的红区重症患者，各有特点。

正如世界上没有两片同样的树叶，也没有两个相同的病人。

对于患者，没有什么最好的治疗，只有最恰当的治疗。

抢救安基娜，就是个体化、精准化治疗的成功案例。正如我的导师吴言涛参与抢救松田宏也，被国际医学界认为是"医学极限下的施治"。对安基娜，也属于"医学极限下的施治"，在成功率微乎其微、生还希望渺茫的情况下，做了最坚决的努力。

说起我的团队，我是相当满意的，暖心的感觉是很强烈的。在ICU，我们的护士个个眼明耳聪，反应急速，手脚麻利，和蔼可亲。所有走出ICU的危重病人，都是他们连续熬夜、一分一秒守出来的。我的搭档、总护士长田永明，眼中能看到"事情"，他永远在查漏补缺，给我意想不到的帮助。当然，还有一批基鹏那样的年轻医生，勤奋好学，进步很快，真是感到"后浪推前浪"。我们的ICU人才辈出，很有希望。

从武汉返回成都，还没隔离三天，我就接到国家卫健委通知，到绥芬河去了。有了武汉战"疫"的成功经验，隔离迅速，分级治疗，猖狂的新冠肺

康焰与"英雄机长"刘传健合影

康焰（左二）在黑龙江和其他医生一起会诊

炎在绥芬河被顽强阻击，患者死亡率为0。这20天，ICU的同事们，为我担惊受怕，让我非常感动。我只有用不懈的努力、更好的业绩来回报大家对我的深情厚谊。

记得在武汉，孙春兰副总理召集了专家座谈会，谈未来，谈中国医学的发展方向。我感到，危机，危机，危中才有机。重症医学在危机中获得了空前的发展机会，必定是与多学科综合、协调发展的重点学科。

我说过，我搞重症救治有瘾，28年来，越搞兴趣越浓。跟死神掰手腕，胜算不断提高，目前在华西ICU，90%的病人能获救。看到奄奄一息的生命又鲜活起来了，我感叹：干重症救治，真好啊！

第十七章

最后抢救安基娜

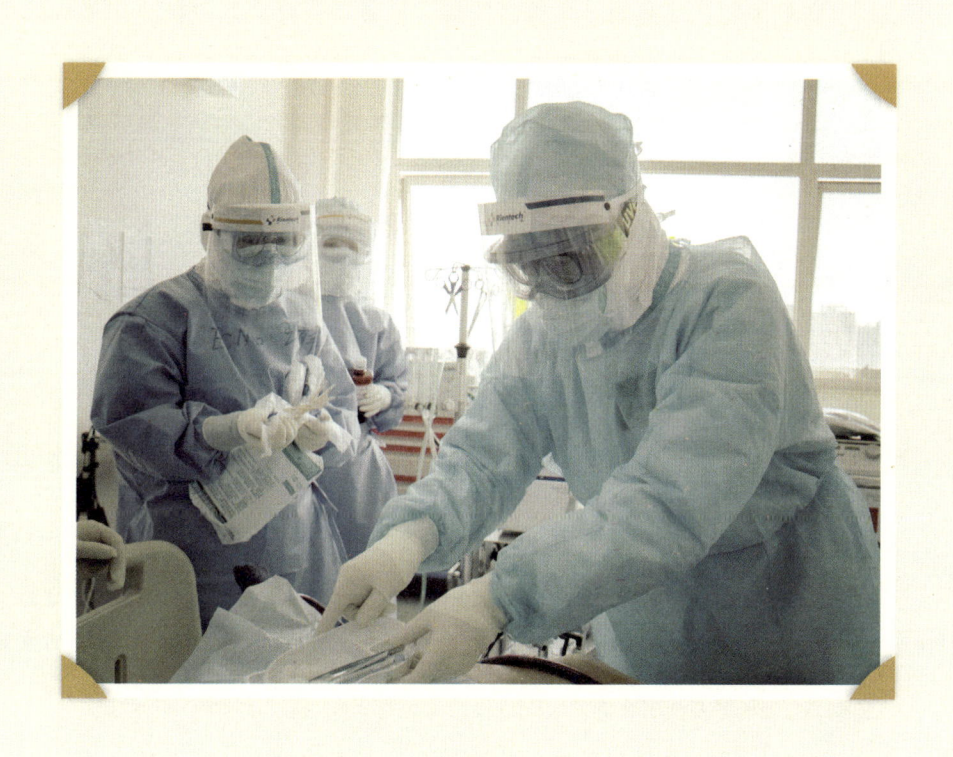

越是接近尾声，战"疫"越是激烈。

方舱医院已经关闭。华西医院第一批援鄂医疗队已经凯旋，第二批、第三批援鄂医疗队还坚守在武汉。在第一批援鄂医疗队撤离之前，一些重症病人被送往武汉大学人民医院东院区华西医疗队管理的病区。一直与我保持联系的基鹏医生，从3月7日到3月27日中断了联系。其间，她用一个"忙"字概括一切。问其他同事，回答说："现在抢救的，都是危重病人，最难拿下的'顽固堡垒'。ICU的医护人员，最忙！"

后来才获悉，抢救危重呼吸病人的最后的"尖端武器"ECMO也用上了。

操作ECMO的赖巍，出身军人家庭。在赖巍的印象中，父亲少言寡语，平时板着面孔，对孩子要求非常严格。完全出乎意料，赖巍要奔赴抗疫第一线，向他告别之时，他竟然老泪纵横，唏嘘不已。对于儿子的选择，老军人非常担心。因为，父亲已经感觉到，去武汉，就是去战斗！

记者小年问赖巍为何做如此选择时，赖巍的回答斩钉截铁，让小年大半天缓不过神来：

"武汉出现了严重的疫情，谁去啊？成都的老百姓去？我们是来保卫大武汉的。守住了武汉，就保住了中国。只有保住了中国，才能保住成都，才能保住我的所有亲人！我作为一个ECMO的专门人才，上第一线义不容辞。我不上，谁上？"

3月27日深夜，基鹏下班后，才给我讲了抢救安基娜的故事。我连呼：佩服，佩服！

看仪表，我的眼睛都瞪大了——血液中的氧饱和度跌到了9%！而正常人血液中的氧饱和度，不能低于94%。

看病历，她在武汉一家区医院抢救了20多天，病情越来越恶化，肺部一片惨白。

再看她，一脸憔悴，处于昏迷状态，连喘气的力气都快没有了……

她的名字，念起来竟与英文Angela谐音，我们都叫她安基娜。

她与我同龄，35岁，却已经被死神紧紧抓在手中！只要我们不使出"十八般武艺"跟死神争抢，她就会被拖走。

安基娜的老公向ICU主任康焰"康师傅"介绍说：

岳母染上新冠肺炎时，安基娜急疯了，动员了所有的亲朋好友，跑了三天三夜，武汉所有医院床位爆满，没法安排。最后，在一家医院，她硬是占了一张窄窄的推车床，让妈妈睡上去，放在医院走廊上，在那里等正式的床位。开始，妈妈还安慰她："我们等吧，耐心等等，等到有床位就好办了。"突然，妈妈呼吸急促起来，张着大口，就像溺水的人说："我不行了，不行了，我支撑不住了……"

安基娜眼睁睁地看着妈妈痛苦地死去。她哭喊着："妈妈，你不能走，你不能丢下我们啊！"顿时，整个人就垮了。

妈妈在患病期间，安基娜不顾危险照顾妈妈，还帮妈妈洗头洗澡，结果自己染病倒下了。就这样，舍身救母的安基娜成为我们ICU最危重的病人之一。

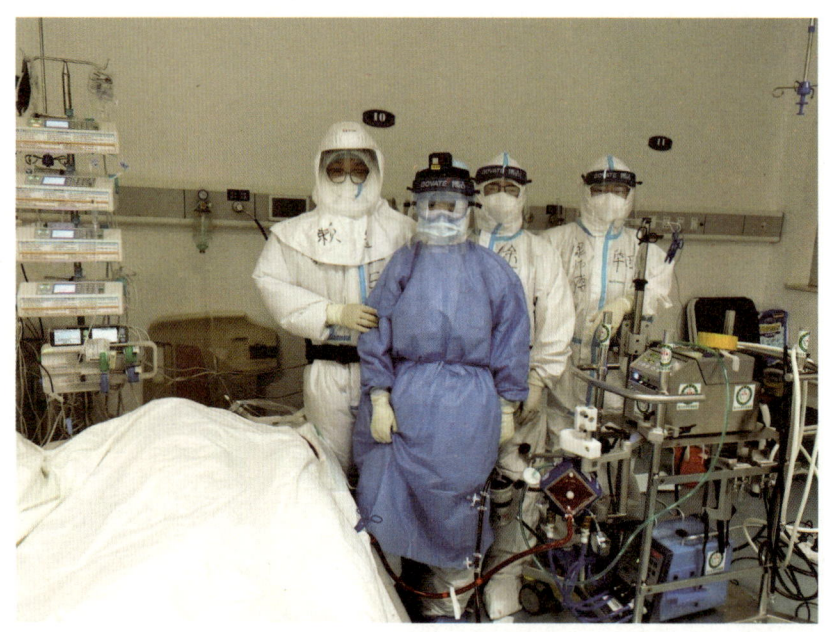

赖巍（左一）ECMO准备就绪

她的肺基本上停工了。

"康师傅"跟赖巍商量后决定，马上上ECMO！

赖巍早有准备。他是华西最早使用ECMO的首席专家。

这项技术，风险很大，因为要从动脉开口插管，操作中很容易出现血液的大喷射，一旦ECMO开始工作，24小时中，分分秒秒都得有人盯着机器。患者的每一次呼吸，都会牵扯医生、护士的心！

那天，从下午忙到凌晨。从输氧输液到药物配置，再到如何护理，都经过了一番精心安排。"康师傅"和赖巍一直盯着，听着很轻微的咝咝声，氧气通过细软的管道，在向安基娜体内输送。我们在病床前守着。但是，我知道——死神也在这里守着！

从半透明的管子可以看到，安基娜的血液在流淌。人工肺已经替代了她快要完全罢工的肺，有条不紊地在工作。从赖巍镇定的表情，我感觉到了有一线希望的曙光。

静夜铃声，总让人心惊。是安基娜的老公打来的。

在我的印象中，北方男人比较粗犷、豪迈，而这位青海男人却非常细腻、体贴。

电话里的他，忧心如焚却非常克制。他说他想了解妻子的病情。

作为ICU医生，面对病人家属的提问，要尽量简洁，使用标准专业名词，以防被病人家属误解。家属听不懂，可以上网查询。若你说错了，误导了家属，容易引发医患矛盾。

但是，对于这样一位值得信赖的病人家属，我放大尺度，用理性与客观的语言，详细介绍了安基娜的病情，坦言非常危重。等我说完，电话那头，他沉默了。

我问他："你还有什么问题吗？"他迟疑了一下说："医生，我很感谢你，非常非常感谢，但是我们一家人真的很担心，你说，她到底能不能好起来？"

这一次，轮到我迟疑了。

坦白说，这同样是医生最想知道，也最难回答的问题。做重症医学科医生的这些年，虽然时间不长，生生死死也见了不少，但能不能好，什么时候能好，却是我们不能准确预测的。人体如此奇妙，病毒如此凶顽，更不要说治疗过程中还有可能出现各种各样的并发症和难以预料的事情。

沉默了一会儿，我"官方"地回答："你的心情我理解，但这个结果没法预测，你也不要过分担心，我们会尽力的。"电话里传来抽泣声，他突然就哽咽着说："医生，她是照顾她妈妈才生的病。她妈妈已经去世了，我们全家实在没有办法承受再失去一位亲人的痛苦。家里，还有一个6岁的小伢，一个安了心脏支架的老人，求求你们一定救救她！她一定能好起来的，对不对？她一定能好，对不对？"

我多希望能痛快地说："对！她一定能好！"给那个上有老下有小的小家庭送去一丝暖风。但是，我确实不能说这话，我必须理智、冷静！

因为，死神还在那里守着，只要我们稍有一点考虑不周，或她的身体出现什么状况，死神就会毫无悬念地把她抓走！

我突然感到万分的心痛与酸楚！这次轮到我哽咽了。

曾经也有小孩在我的手里走掉，让我痛苦了好多天。我见过撕心裂肺的家属，见过默默掉泪的家属，见过对我们喊打喊杀的家属，见过含泪对我们鞠躬感谢的家属……在我看来，他们并没有什么不同，世间将会多一个不完整的家庭。又一次，我感到无能为力。

我不得不反思现代医学！

在科技飞速发展的大背景下，唯技术论，唯经验论，四海招摇，八方受宠，唯独缺少唯人本论！

医学教育给了我们海量的知识、无穷多的指南，唯独很少教给我们，如何感受一颗心，连接一颗心，疗愈一颗心，完美一颗心！

安基娜的老公又何尝不知道"能不能好起来"呢？

我能不能像"卖火柴的小女孩"那样，划一根火柴，给他一瞬间虚幻的美景？

不能，绝对不能。

幻灭之后，痛苦更深。我突然想到，我们团队在病房里面的那一幕——

"康师傅"在讨论病情时，冒出"Angelababy"一词，我有些诧异，Angela后缀上baby（宝贝），真是绝了。"康师傅"没有一点开玩笑的意思，肯定地说："Angela是我们医疗队的Angelababy，我们所有人，会想尽一切办法，尽一切努力救她，她是我们医疗队最重要的病人。"

我把这事讲给了安基娜的老公，然后说："我还是只有说，很抱歉，我真的不知道她能不能好起来。但是，我知道她是女儿，是妻子，是母亲，是只比我大六天的同龄人。如果，我们还是没能够帮她脱离危险，请你相信，我们做了一切我们能够做的事情，不管是我们还是你们，都真的不该有遗憾了。"

也许这世上没有真正的"感同身受"，我们不能完全理解患者和家属的痛苦，而患者和家属也未必能完全理解我们承受的压力。对话，能让对方感受到真诚，彼此得到安慰。尽管有山高水长，艰难险阻，这寥寥几句的对话已胜过千言万语，似一束阳光照进裂缝，照进彼此的心间。

奇迹发生时，我毫无精神准备！

那天我值班，一直守在安基娜身边的护士转身去取输液药，离开之前，安基娜有些烦躁，触摸到输气管子，护士让她别动那管子，她也没再动。当我走到安基娜面前时，她竟然扯掉了呼吸机的管子，只留下ECMO的管子，睁着蒙眬睡眼，呆呆看着我。

我怔住了！这说明，ECMO发挥了决定性的作用，她的肺功能部分恢复了！"康师傅"赶来，做出决断："管子扯掉了就扯掉了，暂时不给她插回去。密切关注，一分一秒都不离人。"

没日没夜，盯着各种仪表，关注着安基娜的每一次呼吸，守着ECMO的护士说了一句话："我好多天没有看到过武汉的白天是啥样了！"

安基娜盯着天花板，喃喃地说："妈妈在等我，我要去陪妈妈。妈妈，我要跟你走。"

心理医师来了，说安基娜受刺激太深，身体虚弱，处于谵妄状态。我不担心她胡言乱语，肺的状况好转，是大转折——安基娜挣脱了死神的拖拽，暂时回到人间。

因为治疗新冠肺炎是史无前例的，"康师傅"百倍小心地带着我们一步步地"摸着石头过河"。安基娜非常配合。她有了笑容，要吃苹果了；她有了精神，想说话了。她的一举一动，牵扯着众人的心。

安基娜想跟家人视频，又顾忌到形象——因为脖颈上要插输液管，为防止感染，剃了光头。她害怕儿子不能接受，犹豫再三，还是和儿子"见了面"。儿子哭喊道："我讨厌病毒！我要妈妈快点回来！"这一喊，更坚定了她战胜病魔的信心。

安基娜原来是一个风姿绰约、充满生活情趣的女人。她的手极巧，能用黏土捏出一个个栩栩如生的猫猫狗狗；她喜欢设计，能画出心中最好看的衣服，请裁缝专门定做。她注重生活品质，对我说："我这光头像啥！出了院，要买最好看的假发来戴，你不晓得，我好爱惜我的头发啊！"

她想喝鸡汤，尽快康复，我们就给她网购鸡汤，热腾腾地端到她面前。

终于，她完全能自主呼吸、下床走路了。她血液中的氧饱和度，从9%上升到99%。

她闯过一次鬼门关，也刷新了一次观念。她说："我妈妈死后，我心中充满怒火、仇恨和怨气。我真想成为一个反社会的人！但是，现在想起妈妈，只有难过与思念。妈妈要是遇上你们华西医院，绝对不会离开我们……我真是太幸运了，国家调配了最优质的医疗资源，集中到武汉来了。"

安基娜还说："经历了大灾难，才感觉到我的老公那么优秀，儿子那么可爱。今后，我要加倍地爱我的爸爸、老公、儿子，爱我的亲人朋友，快快乐乐地过好每一天。"

这几天，我的手机上，祝福安基娜、感谢华西医护人员的短信、留言不断刷屏。甚至有人这样点赞：

华西——真牛！华西——万岁！

3月24日，安基娜走出了ICU，从重症组转到轻症组。她对我们说："我以后的工作台上的姓名牌，英文就用Angela了。"说着，就笑起来。她属于丰满型美女，笑起来很甜美。那是令人难忘的"武汉的微笑"。

望着我们亲爱的安基娜，走得那么婀娜多姿，重症组的8名医生和所有护士，被巨大的幸福感电击了！

在武汉，饱经苦难的人民，是那么坚强、善良、真诚；在武汉，我们从死神手中夺回了安基娜宝贝；在武汉，我们的心灵再一次被洗涤；在武汉，我们实现了最高的人生价值。

说什么武汉人民感谢我们，我说过多次：深深感谢武汉，深深感谢武汉人民！

第十八章

教授级护士长的家常话

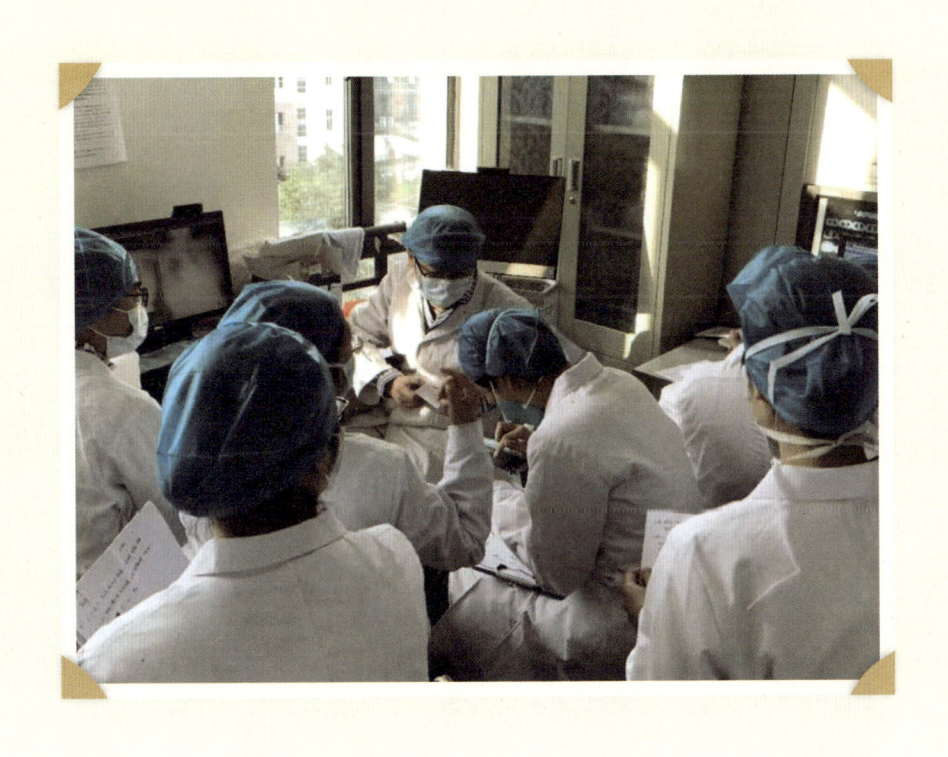

圆脸，一对浓黑的卧蚕眉，笑起来，真像弥勒佛。

他是华西医院教授级护理师、重症医学科护士长田永明。

2020年3月，国家卫生健康委员会、人力资源和社会保障部、国家中医药管理局公布了"全国卫生健康系统新冠肺炎疫情防控工作先进集体和先进个人"名单。四川大学华西医院重症救治医疗队荣获"先进集体"称号；华西医院的康焰、刘丹、田永明、冯梅、乔甫荣获"先进个人"称号。

田永明，既是先进集体的护士长，又是先进个人，这是双倍的荣誉。在华西医院，田永明真算是老先进了——

汶川地震发生后，他带领重症医学科护理人员，积极参与地震中受伤的重症病人的救治工作，计划物资、搬运仪器设备，两次在12小时内组建22个床位的地震创伤ICU病房，保证了重症病人的紧急救治，创造了重症病人90%以上救治成功率的奇迹。

玉树地震、芦山地震发生后，他带领护理团队，再次承担华西医院地震伤员重症护理工作，两次创下了重症地震伤员"零死亡"的奇迹。

第十八章 教授级护士长的家常话

2020年，元旦刚过，有关新冠肺炎疫情的消息从武汉传来。

"弥勒佛"并非先知先觉，只因作为重症医学人，大灾大难遇得多了，神经相当敏感。他的故事，就从"我们早已在做准备"说起——

新年刚过，有关疫情的消息让我警觉起来。

我们ICU，住的是危重病人，绝对不能让新冠病毒来逞凶。

我们科第一时间提出修改家属探视制度，加强对探视人员武汉接触史、发热、咳嗽等症状的监测，后期彻底取消探视，使得重症医学科200余个床位、600余名医护技工"零感染"。

我们预感到，疫情暴发，防护物资必然紧张。

从1月21日开始，我组织ICU各护理单元梳理科室防护用品存量，科学分级、合理领用和使用，在有效缓解医院物资消耗压力的同时，保证了科室防护用品的使用供应。

武汉告急，我想，我们华西肯定要派医疗队支援，呼吸科、重症科的医护人员定是首选。我们重症科有600名护士，必须分层级部署护理梯队，快速建立重症护理人员库。

我们提前组织了ICU护理人员感染防护能力、临床急救专业能力培训，培训护士防护物资使用、氧气瓶使用、呼吸机使用、高流量湿化治疗仪使用等技能。世界卫生组织在我院建立了应急医疗队，我受此启发，未雨绸缪，提前建立了包括自己在内的255人援武汉重症护理人员库。1月25日，华西医院第一批援鄂医疗队到了武汉红十字会医院后，反馈回来的第一条重要消息就是——供氧严重不足！

我的头脑中立即反应出培训科目：滚钢瓶，熟练地使用钢瓶输氧。因为现代医院，都用管道输气，氧气钢瓶早已经淡出历史舞台。而新冠病毒突然袭来，氧气需求量猛增，管道一时供氧不足，临时大量使用钢瓶，势在必行。

年资较深的老护士说："滚钢瓶，得会用巧劲，不然要砸到脚；开阀门，看气压表，算流量，全都是重拾故技。"技术不论新与旧，能解决临床急需，就是好技术。

果然，我们的医疗队初次亮剑，钢瓶供氧起到了很好的效果。

2月7日，130人的华西医院第三批援鄂医疗队驰援武汉。其中，我带领的护理人员有99名，这是华西历史上应对国家重大突发公共事件一次性派出的最大规模的医疗队。我们正式接管武汉大学人民医院东院区的两个病区，采用与华西医院同质化的医疗和护理，等于是将华西医院搬到了武汉。

比如，在护理管理中，建立总护士长—护士长—护理组长三级管理构架。梳理、建立、完善岗位职责、工作流程、工作内容，保证工作交接顺利进行和护理质量稳步提升。

又比如，医护协同，对患者进行红、黄、绿三级分级管理。红色危重患者按照ICU护理模式进行管理，安排重症医学科护士进行护理。

再比如，沿用华西护理质控标准，制定新冠肺炎重症病房岗位流程、工作职责，按华西管理要求开展护理评估、书写观察记录、管理危急值、设置抢救车等，保障两个病区拥有与华西重症病房同样的护理质量。

这次武汉抗疫，无论是国家卫健委的领导，还是武汉医院的同行，对我们华西重症护士的专业水平，都非常认可。比如，患者突发性的心跳要停了，呼吸要停了，值班护士会马上控制呼吸道，床边抓起球囊，作辅助支持，并观察血氧饱和度是否改善，为医生进一步诊治争取到时间。如果血压有一点小波动、血氧饱和度有一点小变化就去叫医生，医生非累死不可。重症护士24小时值班，是发现异常情况的第一人。异常之前总会有迹象，全凭细心观察与经验积累。有一种经典的说法是：没有发生偶然，只有偶然被发生。

我带领重症护理团队与医师、呼吸治疗师紧密配合，组织参与了第一例床旁气管插管、第一例气管插管拔管、第一例俯卧位通气、第一例鼻肠管安置、第一例有创机械通气患者转运外出CT检查、第一例ECMO上机……

第十八章 教授级护士长的家常话

3月2日到3日，24小时内，我们病区连上了两台ECMO，这对我们护理队伍是个严峻的考验。而事实证明，我们的护理肩能扛、手能提、心又细，既豁得出来，又顶得上去，哪里需要，我们就冲锋在哪里。

有人问我，为什么"闲不住"。因为在我眼中，始终有活儿要做。

比如，大量的防护用品、医用耗材，型号规格不同，我们以前没有见识过，如果要紧急做手术，临时开箱去翻找，忙中很容易出错。平时，我只要有空，就翻箱倒柜，把要用的东西一一摆出来，归类放好。有人说我"整理库房整出了强迫症"，这都是为了让医生护士急用时一眼看到，顺手拿到，最短时间能用上，关键时刻，争分夺秒。

还有，让我感动的是我们的护士。华西医院派往武汉的医护人员总计174人，护士就占了125人。我们第三批130人，护士99人。"90后"就占了40个。

我是1993年从云南经高考进入华西临床医学院的，是华西招收的第一批护理本科生。之后，随着华西不断发展壮大，护理专业人才辈出。四年本科之后，又是两年去四个不同科室锻炼，拓宽视野。经过这样精挑细选，严格培养，男的帅气，女的靓丽。论细活，能调试使用精密的医疗设备；论粗活，能搬运150斤左右重的氧气钢瓶；论技巧，能在婴儿头上找到很细的血管，一针见血；论智商，能给自暴自弃的病人做心理疏导……

人们常说，治病救人靠"三分医疗，七分护理"，靠"医生的嘴，护士的腿"。医生给出最好的医治方案，用于病人的每一滴输液、每一管针药、每一粒药片、每一瓶氧气、每一根插管、每一口饭菜、每一次洗护，全靠护士去完成。医生的医术再高明，护理若跟不上，将会前功尽弃！

更让我感动的是"90后"的护士对于事业高度的责任感和一丝不苟的精神。

比如谢莉，大年三十晚上还在上夜班，0点40分接到通知，早上9点集合去武汉。她说了一声："行！"来不及与亲人告别，下了夜班，就站在出发的队列里。

比如卫新月，爸爸妈妈根本不知道她去了武汉，她也不敢跟爸爸妈妈视频，隐瞒了好几天，终于说出实情，家人们全都为她点赞。

护士辛苦，ICU的护士最辛苦。在武汉近两个月，越往后，"顽固"难治的患者，越会向ICU集中。竭尽全力也未能抢救下来的患者，全都由护士们为他们送终。

护士们要撤掉所有的插管，缝合好大小创口，用温水毛巾擦净身子……再用干净床单包好，一套遗体护理结束后，再把遗体放进双层尸体袋中，填好姓名、年龄标签，等待停尸房的师傅运走。

这些"90后"，全是独生子女，哪一个不是爷爷、奶奶、外公、外婆、爸爸、妈妈的"心肝宝贝"。在家里，切个菜洗个碗，都舍不得让他们动手，没想到到了ICU什么重活、累活、最难干的活，都得由他们做，不停地做。

为什么在武汉五小时轮一班？面屏、口罩一戴，如上了紧箍咒，再穿上防护服，戴双层手套，憋气、发闷，一动就流汗，体力消耗相当大。平时上八小时班也不觉得累，穿上防护服，干五个小时就浑身汗湿，再干下去人就虚脱了。

曾经，我们病房有四位重症患者需要轮番翻俯卧位，一天两次，这是啥概念呢？基鹏医生说得特别形象："你可以想象一下，你在煎蛋的时候要翻面，但是煎蛋上的葱花、调料都不能洒落，动作还要干净利落，不然蛋就散了，而这些，是我们的护士在做；援鄂期间，我们医疗队的所有俯卧位，那么多危重患者，身上插着那么多管子，我们没有发生过一例管子意外脱出或者因为翻体位而导致病情急剧变化的情况。而这些，是我们心灵手巧、技术过硬的华西护士做到的。"

第十九章

大后方，不平静的夜晚

想当年，华西坝游走着多少文艺人才啊！

姚恒瑞的小号，林义祥的手风琴，徐维光的男高音，王通若的油画，赖云章、王锡林的摄影，刘国武的诗词，坝上有名；还有高立达演的话剧，杨端文唱的京剧，李长华的广播美声，豁剑秋的独唱，家喻户晓；还有"最佳射手"，足球巨星龚锦源教授，简直是我们的偶像。风景如画的华西坝，走到哪儿都会遇上充满"文艺细胞"的师生。若是去校友合唱团瞧瞧，80高龄的杨振华教授、肖卓然教授依然在高声部，他们已经唱了半个世纪。而曹泽毅校长的小提琴，杨光华校长的钢琴，一拉一弹，就显出"童子功"，让人不得不服。

在我童年的记忆中，杨振华教授那一代人很忙，但忙得很优雅，所以，我对"柳叶刀诗人"何生教授以及他参与创办的"华西诗社"一直比较关注。因为，何生传承的不仅仅是一把柳叶刀，还是华西坝的文化品质。

华西医院党委书记张伟提出："医病，更要医人。"如果我们的医生，言谈非常有趣，又具有契诃夫（这位作家本来就是医生）

那样的洞察力，我们的医学岂不是要进入一个更高的境界？

"华西诗社"的陈雪融教授写了一首《川军援鄂行》。偶然与我相遇，谈起抗疫，她说："我要是去了武汉，就有感动人的好故事了。可是，我作为预备队员，一直没能成行。"

我说："'大后方'也很不容易，你就随便给我说说'大后方'的事吧。"

她在手机上讲了四次"大后方"，用语音发给我，由此整理成以下文字——

2020年，真是我"压力山大"的一年。

重病的父亲，一直抗争到腊月二十三，未能实现春节全家团圆的愿望，撒手归西。我跟家人一起，刚刚料理完后事，还没有来得及擦干眼泪，就听到抗疫的集结号吹响了。

我们结核科先把班排起来。除夕之夜，我值班。

离开家之前，我叮嘱女儿看完春晚就早一点休息。她今年高考，处于人生关键时刻，真想陪一陪她。

已经住得满满的结核病房，即将大改造，成为华西医院收治新冠肺炎患者的专用病房。这样，现有的病人就得尽快出院或者转院。

护士长跟我说，已经给病人一个一个地做工作，请他们配合，但确实相当困难。换位思考，好不容易挂上华西的号，好不容易让专家看上病，好不容易有了床位，好不容易住进医院，怎么说出院就出院呢？跟病人耐心解释说，新冠肺炎是非常厉害的流行病，必须及早围堵、阻击。我们帮助病人联系其他医院，除夕之夜，大多数病人已经转院，余下的几位准备第二天一早就出院。

前方，发热门诊那边，非常忙碌。他们穿着防护服，一直在筛查病人。我准备换上防护服，到发热门诊去看个究竟。有护士提醒我："科里已经传达了院部的通知，武汉那边急缺防护服，我们要尽可能节省使用，如果能用电话了解情况，就打电话。非去不可，才换上防护服。"她这一说，我想，我是发热门诊二线的指导大夫，应当相信一线的医生会做得很好，所以我就打电话问发热门诊那边的情况。门诊回答说："筛出来两个病人，怀疑是新冠肺炎，正在做核酸检测。要做两次。家属都在临时搭建的帐篷外，一直在等待结果。"

这边，病房值班室的电话也是响个不停，是医院其他病房的一些会诊申请，有三四十个。我正想去病房，刚走两步，电话又响了。基本上是跑来跑去，没法停歇。接着，中西医结合科给我打电话，说他们那边有一名患者在发烧，肺上肯定有炎症。患者的儿子在四五天前从武汉飞回来照顾他爸爸，问是不是需要筛查。我连忙赶到中西医结合科病房，接触病人之前，迅速"全副武装"，把防护服穿起来。

细细问了一下发烧的患者和家属的情况，把病历仔细读了一遍，觉得还是不太像新冠肺炎，因为患者是在他儿子来之前就开始得肺炎并发烧的。慎重起见，我建议中西医结合科病房赶紧将患者隔离，尽快把核酸检测做了，同时也给院感部做一个报备。

打通了我们院感部部长宗志勇的电话，估计他好几个晚上都没睡成觉了，嗓音是沙哑的，有人说他一天都要接上百个电话。他用沙哑的嗓音耐心说："你们一定要按照流程，把该做的筛查和隔离工作做好，不能漏掉一个病人。"

那天晚上，门诊那边又遇到了尴尬事，几名急需筛查的患者，有的不想交钱，有的说没钱，有的说横话："我又不想做检查，是你们硬要我做。"不交费，就做不成检查，后果非常严重；免费做，我没有这个权力，因为国家还没有下达与抗疫相关的补助政策。我不得不向梁宗安主任、罗凤鸣书记请示。罗书记第二天就要出征武汉，为此而耽误他宝贵的休息时间，实属无可奈何。

但是，在电话里头，梁主任和罗书记还是嘱咐我，一定要注意防护，保护好自己，一点也马虎不得。

到了半夜，营养科送来了热腾腾的饺子，大家一下子想起：今晚是除夕夜啊！往年，这可是合家欢乐的时刻，而此时，我们的嘴巴说干了，两腿跑累了，饥肠也咕咕叫了，饺子来得正好。大家取下口罩，相互拉开一米五的距离，一阵风卷残云，吞下了此生难忘的皮薄肉多、鲜美可口的迎春饺子。大家一边吃，一边说着新冠肺炎，最初有过的一点恐惧感，被欢声笑语荡涤得无影无踪。

到了深夜，接到发热病房那边传来的消息，那两名疑似患者，有一名确诊了，已经送到了隔离病房，另一名已排除，被家人接走了。疫情一起，大家都明白，若是因误诊而隔离了一个人，会让一大家人甚至亲戚朋友舅子老表全受牵连，都过不好春节。

1点过了，接到女儿和丈夫打来的电话。他们也是祝我春节快乐，然后女儿说："妈妈，听说这种病毒非常厉害，你要小心啊！"

我跟他们说，病房情况暂时还是比较稳定，上午回家再细说，放心吧！

第二天一大早，吃了几个营养科送来的汤圆，就赶紧去查房，继续安排出院，尽可能把病房腾空。

忙完一切，10点半回到家中。

打开手机，是医院通知，所有的休假全部取消，在外地的也要回到岗位上班。

罗凤鸣书记率领的第一批援鄂医疗队就要出发了，应当给他们写一首壮行的诗。一想到要写诗，激情涌动，立即写下了《川军援鄂行》：

> 时近庚子岁首新，珞珈山前现灾氛。
> 野蝠如魔福不见，玄蛇幻影冠毒真。
> 瘟神逞凶闻摧折，黄鹤若返亦惊心。
> 青囊难承疾之重，满城病苦愁煞人。
> 疫讯若令战荆楚，川军逆行蕴情愫。
> 元日集结忙培训，领导殷殷话托付。

蜀中巾帼巴壮士，书记领队无反顾。
自携戈矛与甲铠，银鹰火急凌空度。
唯愿海晏并河清，迎来凯旋花满路。

在2月初，康焰主任率领的第三批援鄂医疗队还未出发，医院就已经开始组建第四批援鄂医疗队了。梁主任和医教部领导征求我的意见，我说我早就报了名，也在做准备，希望科室能安排我到武汉前线。听他们的口气是说，武汉那边任务很重，要我接替罗凤鸣作为领队，带一批年轻的医生和护理人员，还有后勤的老师一块去。我算了算时间，罗书记的第一批如果在武汉工作一个月的话，我们"换防"的第四批要等到2月底才可能出发，准备时间还挺充分。

与梁主任谈话之后，当天晚上，我就收拾行李了，忙到深夜。我女儿看着我忙里忙外，一言不发。我一下子就明白了。因为女儿讲过，同学们晓得我在华西医院，担心我把病毒带回家，再通过女儿传染给同学和老师，于是，个别同学对我女儿"另眼相看"。我懂得了女儿的心思，马上跟老师沟通。老师非常热情地对我说："你放心去武汉吧，我会给同学们做工作，让他们理解，决不会'另眼看待'抗疫第一线医护人员的子女。"我道完谢，对女儿的事，总算放心了。

一切都准备好了，箱子就放在家里，只等一声令下，提上箱子就走。等待出发的日子，临床工作也不能耽误。因为我们结核科病房已经改建为收治新冠肺炎患者的病房。我就去了缓冲病房。

同时，我了解到缓冲病房的成员来自各个科室，有风湿科，有感染科，还有疼痛科，等等。很多老师对呼吸疾病不太熟悉，我就和一同担任医疗组长的贺建清教授商量，尽快地做培训，包括防护服的穿脱，还有防止院感的注意事项，再把判断、确诊、治疗新冠肺炎的指南给大家做了详细讲解。赴鄂增援的准备工作也必须继续做，我和医教部老师沟通，安排所有组员完成了防护服的穿脱培训，还抽出时间学习武汉前线康焰教授牵头组织的线上病

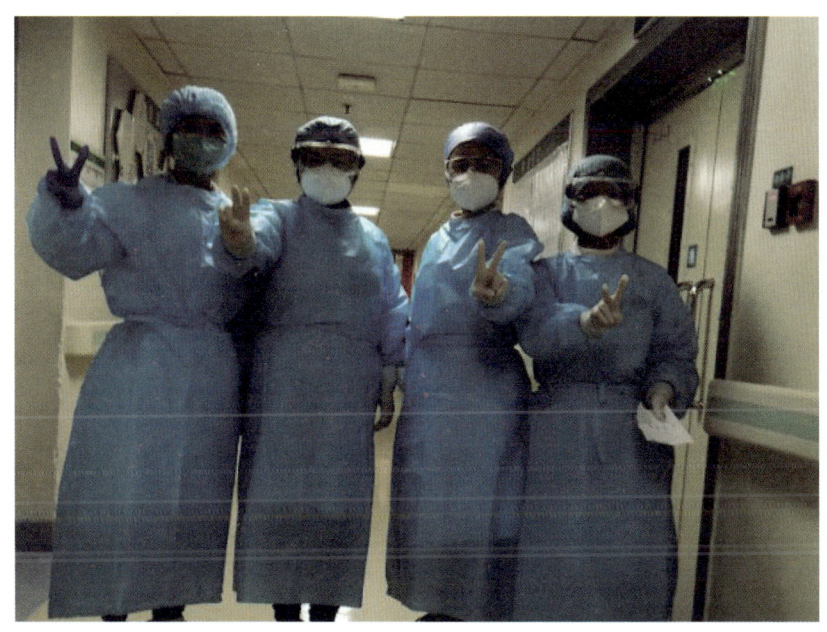

缓冲病房医护人员（左起：汪娇、陈雪融、刘智慧、陈璐）

案讨论。总而言之，那段时间，我们"大后方"和前线一样紧张。

在缓冲病房，等待最后结果的病人非常着急。有一名病人，钻了个空子就跑到楼下了，准备逃离医院。保安发现了之后，又把他送回病房。他大吼大叫说："我没有工作，没得钱挣，我们一家人咋个活！"我们好言好语安抚他，让检验室再做核酸检测，尽快给他做了排除，最后让他高高兴兴地出了医院。

有一次值夜班，凌晨2点多，我突然听到急促的电话铃声，是神经外科打过来的，说是一名才1岁多的彝族患儿，在脑外科做了手术，她的妈妈被查出感染新冠肺炎，患儿需转隔离病房，让我赶紧过去帮助他们制定转运方案，做院感的防控，排查密切接触者。

当时全院住院病人并未要求全面做核酸检测，所以住院病人凡有发热、咳嗽或胸部CT提示肺部有病灶者，以及有疫区旅居史或接触史者，都会请呼吸科二线值班医生会诊，如果会诊医生认定要做核酸检测，再去做。这样，呼吸科压力增大，我每天也要会诊三四十次。这名神经外科的病人家属一确诊，患儿、同室病友、治疗组、护理组团队，包括麻醉师都成了密切接触者，理应紧急会诊处置。当晚，我去脑外科忙了两三个小时，给院感部宗部长打电话请示，与隔离病房的住院总医师和深夜赶到病房的神经外科副主任鞠延沟通，终于协调好一切，按避免院感的预定路线，将患儿送到隔离病房。同时，将同室病友在神经外科的单间病房隔离，安排所有的主管医疗、护理、麻醉团队人员查体温、做核酸检测并去天使宾馆隔离14天。让我惊讶的是，患儿的妈妈并没有讲出她与新冠肺炎患者的接触史及她是如何染上新冠的。仅仅一次查体温，38℃，这个不引人注意的陪护就被筛查出来，不得不佩服华西精准的筛查能力。

还好，患儿、病友、华西神经外科所有的医护人员最终都被证实没有感染新冠肺炎。华西医院的院感措施确实做得扎实。

那一夜，在住院大楼上上下下、来来往往，走出大楼，晓风扑面，才发现天快亮了。站在品字形排列的三座高楼中间，仰望晨星与灯光交辉，想到灯光闪耀处，不知有多少医护人员又熬了一个通宵。

在急诊科的大门边，遇到了一脸倦容的巫丽娟，她是我院实验医学科临床分子诊断室的医生，即做核酸检测的医生，也是科室的笔杆子，跟我交情不错。她主动招呼我："陈老师，刚值完夜班？"我答道："你也刚下夜班？注意身体啊！"

我们站在黎明的薄光中，摆了一阵贴心龙门阵。她简明扼要说的几件事，让我震撼：

都明白，做新冠肺炎的检查，要时刻接触患者的痰液、鼻拭子、咽拭子，这是最危险的工作。但是，全科室士气高昂，一个多月，夜以继日，分秒不停在提供准确的检验报告，每天多达2000份！

因肝衰竭住院的应斌武主任，听说疫情严重，实验医学科担子重，二话不说，立即出院，投入工作，部署全科抗疫工作：安排华西医院新冠肺炎检

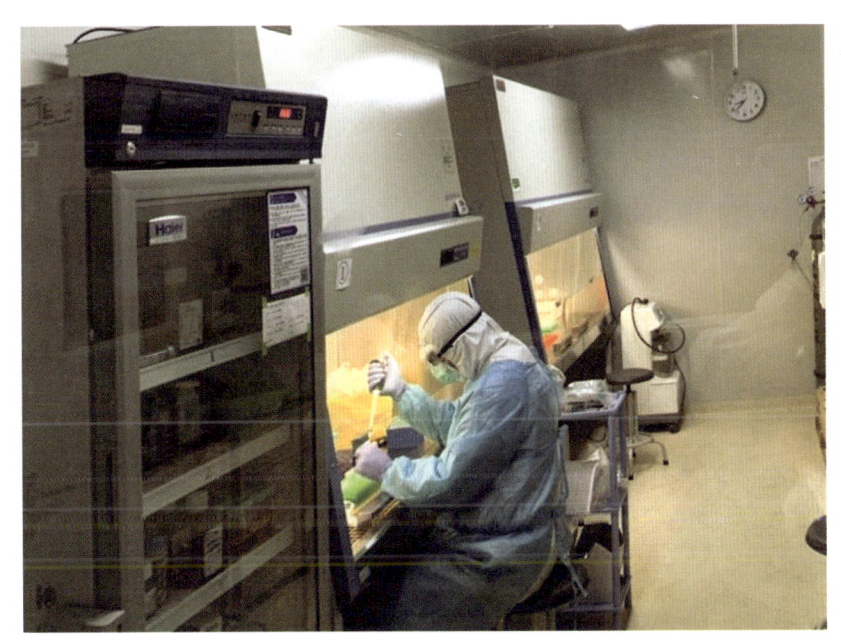

医护人员正在做核酸检测

测的人员及外派援鄂、援藏的骨干,还亲自带队去成都市公共卫生临床医疗中心增援指导,抓紧研发新冠肺炎检测新试剂。

穿上了防护服,不吃不喝不上卫生间,聚精会神做八小时检测,实在太难了!年轻医生王旻晋,推迟了婚期,放弃了出国深造的机会,除夕之前,就已经连续做了八天的检测。

康梅教授担任了四川省医疗救治专家组临床检验组组长,不仅为科室的事日夜操劳,还要为全省的核酸检测方案出谋划策;还先后到甘孜、资阳、眉山等地指导核酸检测技术,建立安全规范,忙得不可开交。

…………

我说:"这一个多月,多次等核酸检测结果,病人急,医生更急。"

她说:"核酸检测,要四至八小时才能看到结果,急是急不出来的。我们也在不断地改进技术,不希望得表扬,只希望得到理解。"

我知道她有一个1岁多的女儿，便问她："娃娃怎么样？"

她愣了一下，眼圈一下子红了："太忙了，顾不上她了。"

我和她挥手告别后，又看到守大门的志愿者正在给每一个进医院的人测体温。想起春节期间，这里曾是唐怀蓉副主任固定的岗位。

那时，疫情突发，人手紧缺，经过医院征召，一下子来了上千名志愿者。其中，有本校大学生、研究生，也有退休老职工。体检中心的唐主任，在工余时间不顾劳累，身穿防护服，站在2月的寒风中，担任筛查新冠肺炎的志愿者，进行体温检测，牢牢守着大门。这样一位年过半百的老主任，把自己作为普通一员，为百姓的健康站岗，真让我感动不已。

而抗疫以来，我一直被这些小事感动着。

那些让出病床的患者，那愿替我解除后顾之忧的女儿的老师，那默默无闻地做着最危险工作的检测医生，还有像唐主任那样的志愿者，让我想到了"众志成城"所蕴含的力量。

妈妈加油，熊猫助威（绘者：付圻尧，5岁）

回到家中，睡意全无。我回忆起抗疫以来一个个不平静的夜晚，又看到那只箱子。早在3月中旬，组织上就打了招呼，第四批援鄂医疗队可能要取消。但我仍然让箱子放在那里，一动不动。

只要抗疫还没有完全结束，我就要时刻准备着。

第二十章

平凡的人，给我最多感动

打开百度搜索，输入"华西医院""自嗨锅"两个关键词，会有上万个词条出现。没错，华西后勤上了热搜，用时髦的话说，做了一次"网红"。

我采访赴武汉一线抗疫的医生护士，谈到华西的后勤保障工作时，他们无不点赞，纷纷说："别的省份的援鄂医疗队队员，看我们吃得那么好，说我们简直把美食之都搬来了！"

设备物资部部长吴晓东，在百忙中接受了我的采访。

他的忙，只是后勤繁杂事务的缩影。完全可以理解！华西医院四千多个床位，上万名医护人员，每天数千例门诊，大量的医用物资需求信息汇集于此，又与仓储、运输以及世界各地的供应商紧密相连。事无巨细，这里承担着重大责任。

吴晓东，圆脸，戴一副眼镜，说话有条不紊，却不断被电话、请示中断。他无可奈何地笑笑说："我们都是些平平凡凡的人，做一些平平凡凡的事，没有什么激动人心的故事好讲啊！"

接着，是基建运行部部长杜栩介绍情况，他瘦瘦的身材，戴着800度的近视眼镜，一开口就透着谦虚平实："我们按组织要求，十天十夜不停地抢工期，在传染病医院的旧楼基础上，改建出20间负压病房，建成华西医院收治新冠肺炎患者的专科医院。"

我问道："抢建出来的病房，质量如何？"

他回答说："负压病房，就是指室内的气压低于室外的气压的病房。外面的新鲜空气可以进来，病房里的空气出不去，只能从管道输送出去，经高效过滤装置灭菌之后排出。经第三方专业检测单位用仪器严格、反复测试，改建完全达标。我们基建嘛，做的都是一些平平常常的事。"

想一想，从2月3日下午，李为民院长下令改建病房，杜部长要在春节期间招工、进建材，组织这一场速决战，耗费了多少精力与心血？背后有多少鲜为人知的故事？

他说："从1986年来华西搞基建，34年了，这一辈子看到华西的发展壮大，心头很充实。"

还是先听一听吴晓东讲了些什么吧——

这次抗疫，对武汉前线，可以说是"搬家式的支援"，我们不仅派出了170多人的医疗队，还送去了呼吸机、ECMO等大量医疗器械和设备以及众多生活物资。

2018年，我院成立了最高级别的国际应急医疗队，世界卫生组织的官员来到华西，对医疗水平很放心，他们特别关注的是后勤保障方面的细节，比如水处理，如何将当地的水资源变成可饮用水，联结手术室帐篷与病房帐篷之间有无遮风避雨的廊道，等等。

初评时，我们向世界卫生组织的评审官员介绍了基于共享平台的灾难应急小分队物资仓库自动物流补充系统，告诉他们一旦某种物资缺货，就会自动报警，并直接通知联网的供应商，供应商就会立即补货。而储存的货物，一定会在规定的年限内使用。

他们对华西的应急物资的库存和管理方式颇为赞赏，还说要向世界推广。

今年1月，四川刚出现第一例新冠肺炎患者，华西急诊科就突然加大防护服和口罩用量，仓库警报立即响了。

我们设备与基建部正忙着准备春节联欢，开总结表彰会，突然被警报中止。一直向华西供应口罩的商家告诉我们，湖北生产口罩的工厂，因为发生疫情而停工了。防护服，也断货了！

所有的供货商传来的，都是缺货、断货的消息。

每当国家有难，华西医院必然"出征"，这已经形成了条件反射。从2008年汶川地震以来，已经"出征"了7次。平时，就做好了这样的准备：一个个急救用的箱包，就放在货架上，医护人员未到，货已备齐，人一到，背上箱包就走。

立即备好武装一支应急分队的物资，不成问题。分析形势，这一次，绝不会是十来个人的"出征"；要应对呼吸类的流行病暴发，整个华西医院对医用口罩、防护服、面罩等的需求量肯定会非常大。

我们立即向全世界的400多家供货商发出了紧急组织货源的通知。1月23日，武汉宣布封城。第二天，也就是大年三十，下午6点，李为民院长通知我：明天下午，我们的援鄂医疗队20个人出发，必须准备好能使用7天的物资。

医用物资不用说了，我们早有准备。个人生活用品，包括衣物和小食品，必须马上采购。眼看一家家商铺关门闭户，除夕之夜，千街万巷空空荡荡，哪里去买秋衣秋裤？后来，我们终于获悉，环球中心的一家商店第二天上午10点钟开门。不到10点，我们的采购员就到了那家商店，采购到我们需要的秋衣秋裤，迅速装箱，送往机场。

后来，考虑到在武汉无法洗衣服，内衣、内裤、秋衣、秋裤、胸罩等，全部改为一次性的，用了就扔，非常方便。有女同胞悄悄建议，安全裤比卫生巾更好用，我们就改为采购安全裤。一位采购员不无幽默地说："我们华西后勤，对第一线的人真是关怀备至，不仅晓得他们的衣服、鞋子的大小尺寸，连护士姐姐的胸围都记得一清二楚，胸罩绝不会买错。"

难怪，有的护士一打开自己的生活用品箱子——真是一应俱全，连亲妈都想不到的东西，后勤都想到了——感动得热泪盈眶。

我们考虑到华西的医护人员从美食天堂成都去武汉，一时不适应那里的饮食，于是在除夕之夜，全市搜购白嗨锅、麻辣牛肉干、泡椒凤爪之类的美食，以保证"五香嘴们"天天胃口大开。

援鄂医疗队一出发，我们的库存锐减三分之二。面对医用物资的紧缺，我们将各科室存放的物品收回。为节省防护服，医院决定调整门诊，一天四班改为一天两班。这样，值班的医生护士就得憋尿。

为了节约防护服，老前辈们做了表率。传染科主任冯萍查房时，让所有的人止步，由她一个人查了一层楼。

防护服紧缺的情况，由李院长带领我，直接向省上领导做了汇报。

省上领导说："华西的医生护士都在憋尿了，这个问题必须解决！"

好消息终于从遥远的迪拜传来，供应商在那里采购到1000件医用防护服并以最快的速度空运到成都。但入关清关，至少还得一周才能进我们的库房。于是，门诊部急诊室传开了好消息：再憋一个星期的尿，就松活了！

华西医院，除了派医疗队驰援武汉，还派出两支医疗队支援成都传染病医院。你看看嘛，我的手机，以及我们部门各科所有负责人的手机上，第一线的医疗队处于置顶位置，我们的手机24小时开着，没有漏下一条信息。前线所有的需求，大至医用设备器材、药品，小至某些吸烟男士要两条烟、某些女士偏爱的小饼干，都会以最快速度得以解决。对于抗疫第一线，我们后勤服务部门，没有上下班这个概念。

再补充一点，就是我们的医疗队员，每人都发了一部5G手机，无限制自动充值，电话和网络随便使用，流量不限制。他们在医院穿着隔离服，回到宾馆还相互隔离，各自独居一室。有了手机，打开视频，一切隔离都消失了，亲人朋友，近在咫尺。这是最受欢迎的"随军配置"。

设备物资部部长吴晓东讲完了,接着由库房管理员谢成继续讲。谢成讲述时,在电脑上展示了他做的PPT(演示文稿),他首先让我看到的是那些医生和护士因长久戴口罩、面罩而险些遭"毁容"的一张张令人心疼的脸。他的故事,就从这里开始——

疫情期间,我们从网上、微信里经常可以看到医生、护士那一张张因佩戴口罩、护目镜、防护面具而满脸压痕的照片。这些女医生、女护士,毅然

满脸压痕令人敬(封面新闻张佳雨供图)
(左上:罗凤鸣;右上:尹万红;左下:何国庆;右下:宋志芳)

剪掉了平时精心护理的长发，高强度地投入到与死神争夺生命的激战中，那磨破的脸颊，一道道紫红的痕印，是她们在激战中留下的"伤"。看多了这些照片，你会心痛、难过，甚至泪湿双眸。

在三八国际妇女节来临之际，医院指示，要物资保障小组准备好护肤套装，作为节日礼物，送给第一线的女医生、女护士。经过精挑细选，这批物资要3月7日早上才送到医院，供货方表示，还没有包装。大家都急了。

3月7日一大早，我们十几个人就在仓库集合了。货一到，我们立即拆箱、分配种类、装好小箱，用高档包装纸包好，贴上祝福的纸条，再用彩带系个蝴蝶结，真是好看！

我们对比了五家物流公司，最终选择了速度最快的一家物流公司。傍晚时分，货物装车启运，物流公司派了三名经验丰富的驾驶员，轮流开车，人歇车不停，一路飞驰，硬是赶在拂晓之前，兑现了吴晓东部长下的死命令："一定要在三八节早上，我们的医生、护士一睁开眼睛，礼品就送到了她们手上！"

三八节当天，我们收到许多感谢的短信。看到医生、护士们收到礼物时如花的笑靥，我们都觉得，一切的劳累、着急和辛苦付出都是值得的——当人们赞美"来自华西的天使是最美的"时，我们的喜悦更是难以言说的。

我们度过了一个难忘的"女神节"！

再说，在武汉封城、处处戒严、一路关卡的情况下，运输一直是我们物资保障工作的难题。航运、动车、快递、邮政、制药企业的外援，天上飞，地上跑，各种方法，各种花样都用遍了，最终为援鄂医疗队配送物资50余批次。

就说2月7日那天下午，第三批援鄂医疗队队员已经全部登机，还有一大半的货物，包括一到医院就得用的防护服、清洁剂等，硬是挤不上飞机。问一声，下一个飞武汉航班是何时？遥遥无期！

我们刚把小山一样的一大堆货物卸下来，气还没喘匀，又只得"吭哧吭哧"把货物装上大货车，拉出机场。经多方联系，各运输公司都表示，

同风雨，共抗疫（绘者：冯爱琳，11岁）

春节期间，实在无法派出车辆。最后，是向给华西供应药品的企业求援，他们才派了一辆大货车。我们又快速装车，一天汗都没干过。药企的车连夜飞奔，终于将货物悉数送到。为此，该企业的驾驶员还在武汉被隔离了14天。

前线的医护人员告诉我们，我们华西医院的队员特别让人羡慕，因为我们补充物资最频繁、物资数量最大且种类最全，甚至宾馆还腾出专门的房间，作为我们的临时仓库。说是看到我们领到了香气四溢的川味食品大礼包，羡慕得腮帮子冒酸。

我们的物资保障工作得到了前线的认可，让我想起有一首老歌叫《真心英雄》，其中有这样的歌词："在我心中，曾经有一个梦，要用歌声让你忘了所有的痛。灿烂星空，谁是真的英雄，平凡的人们给我最多感动……"

我想，每一个坚守本职工作，将平凡的工作做得不平凡的人，就是这个时代的真心英雄。

第二十一章

能治病是匠人，能治病人是大师

2016年夏，我在加拿大多伦多和犹太女作家文佳兰谈她的著作。

20世纪80年代末，她多次来成都，采访了杨振华、曹钟梁、吴和光、方谦逊、邓长安等老教授，收集了大量校史资料。她说，每一次告别成都，都觉得言犹未尽，一坐上飞机就泪流满面。

经12年努力，她终于完成了一部有关华西历史与医学精英的著作《竹石》。她引用了郑板桥《竹石》诗："咬定青山不放松，立根原在破岩中。千磨万击还坚劲，任尔东西南北风。"她认为"华西精神"就是"咬定青山不放松"的"竹石精神"。

心理学家张伟，一直在探索和总结"华西精神"。张伟现任四川大学华西临床医学院、华西医院党委书记，主任医师、博士生导师。他进一步思索：既然"竹石精神"就是锲而不舍的求实精神，使医学向前推进，那医学发展的终极目标又是什么呢？他牢牢记得，进入华西上第一堂课，老师就说："能治病是匠人，能治病人是大师。"

也就是说，医生不仅要医治患者身体上的疾病，还要医治患者心理上的疾病。

第二十一章 能治病是匠人，能治病人是大师

张伟早早意识到，武汉疫情暴发，恐惧情绪比疫情传染得更快。心理疾病是不分男女、不分老少的，甚至身处一线的医生护士也可能出现心理障碍。因此，在大年三十的夜里，他便召集华西心理卫生中心的团队，在网上"紧急集合"，完成了"新冠肺炎疫情心理干预预案"。

华西派出的医疗队，都配备了心理医生。很多医护，既有高超的医疗技术，又经过了心理学的培训，是"身心同治"的高手。所以，武汉有同行说："华西的护士，既有高超的护理水平，又会做心理干预，一个顶俩。"

"医病又医人"，这是张伟特别强调的"重中之重"。

张岚、邱昌建、李进三位心理医学教授诠释了这"重中之重"。

2月21日，一天之内，四川省先后派出第九批、第十批援鄂医疗队。

第九批援鄂医疗队共计181人，其中有华西心理卫生中心书记兼副主任、主任医师、一级专家邱昌建。

第十批援鄂医疗队共计50人，由华西心理卫生中心教授李进担任领队。

华西心理卫生中心教授、"阳光医院"项目负责人张岚教授坐镇成都。她形象端庄，口才极佳，深入浅出，言语贴心。她的讲座，扫荡了观众心头的阴霾，洒下了科学的阳光，越办越红火。

下面是张岚的讲述——

我没有去武汉，感觉非常遗憾。就像是一位火山研究专家，没有在火山爆发时亲临现场观察一样。但是，利用网络平台和心理咨询热线，我拥有了千千万万的听众，接触到各种各样的心理疾病患者，解除了普通人的心结。特别是对新冠肺炎无知产生的恐惧，对居家隔离太久引发的烦躁，对患病亲

人的过度焦虑，对失去亲人的无法抑制的悲伤，华西心理卫生中心的医疗团队，做了卓有成效的工作。

针对此次新冠肺炎疫情的暴发引发的社会焦虑症，我们在最短的时间内，编辑出版了《新型冠状病毒大众心理防护手册》，并在网上推出了电子书，还可以免费下载，点击量非常高。翻译成英文之后，通过中国留学生更广泛地传播开来，反映非常好。

我们华西的心理咨询热线，被打爆了；我们的心理卫生网络平台，非常繁忙。

大年初二，我应百度邀请，在家里架起了设备，给公众讲"如何调节肺炎恐慌"，听众达56万人。

这一讲就不可收拾，从国内讲到了国外：中国驻英使馆开通网上平台，让我给留学生们讲，如何克服恐慌与焦虑情绪，以健康的心态迎接挑战；中

华西心理医生正在连线

国驻莫桑比克大使馆召集中资机构人员、当地华侨，听我讲新冠肺炎的心理防护，如何团结起来共渡难关。

大疫情，必定会产生大量的突发性的心理疾病。我们整个心理卫生中心，都在积极行动，配合全院的工作。

据统计，我院制作并发布文字及图片、视频、语音、电台节目、电视节目、电子书籍等形式的科普宣传资料共计141件；开通2条心理防疫热线，累计热线咨询4675人次；开通2个网络咨询平台，累计网络咨询10025人次；开展现场干预473场次（一对一、一对多或多对多干预均计为一个场次）；共接受媒体采访36场次；为2975人次心理服务人员进行督导；累计向超过3426万人次宣传心理卫生健康知识。

上面的数字，罗列起来有点枯燥，其实每一个数字背后，都有鲜活的故事。

因为武汉封城，医疗资源非常紧张，心理医生顾不上与公众对话。大年初六，我应武汉同事的邀请，跨越时空，为武汉市民做心理讲座。

武汉有一家人，兄妹三个，封城后非常恐惧，窝在家中，哥哥天天骂弟弟妹妹"无能、没用"，弟弟妹妹觉得相当委屈。听了我的讲座之后，哥哥终于理解了弟弟妹妹的反应是正常的。哥哥也表示说，心中有一股愤懑情绪想表达，并且自找台阶说："我们这一代人，哪个没有点毛病？我们大家都学会包容，像张岚教授那样柔和吧！"此后，一家人又回归正常，其乐融融。

武汉的同行给我转来不少感谢与问候的短信。我感到，我讲的那些心理卫生知识，听众听得懂，能吸收，并能迅速传播，在对抗新冠肺炎疫情中发挥作用，就是我最大的快乐。

> 邱昌建教授，为人敦厚，说话中气十足，是整个四川省援鄂医疗队的心理医生。在高强度、高风险的救治中，如何让"川军"保持健康的心态？他发给我一篇论文《关注援鄂医务人员睡眠问题》，然后用了10分钟时间，做了简明扼要的说明——

经大量的调查，我发现了睡眠问题是"川军"普遍存在的问题：有人担心睡眠不足抵抗力会下降；有的人睡眠破碎化；更有人即使开着窗户通着风，也要戴着双层口罩睡觉，却否认自己有焦虑和紧张情绪……

我认为：对失眠的焦虑，比失眠本身的影响更为严重。

其实，隔行如隔山，心理科之外的科室人员，对心理学知识了解有限，那个戴双层口罩睡觉的人有心理障碍，并不是睡眠本身存在问题。针对上述情况，很有必要对我们"川军"科普一下睡眠卫生知识以及应激反应模式的相关知识。

在疫情等应激状态下，警觉性增强，睡眠的时间及质量一般只会小于或等于其既往睡眠的时间及质量，而短期的失眠并不会造成大的伤害。就像在战争状态需要时刻警醒，要躲避敌人，保全生命，也不可能深睡眠一样；有些人旅游时失眠，但从未影响其游山玩水，也从未担心免疫力会下降。

对于睡眠节律紊乱的，也不建议强迫自己睡眠，而是在有睡意时睡眠，或者按照自己的规律来睡眠，尽量减少卧床时间来提高睡眠的质量。

既往服用过安眠药物者，更不建议在应激状态下减停药，以免出现症状的波动；经认知行为治疗、躯体或精神放松等，仍不能改善睡眠，一周失眠超过三次，影响白天注意力、精力、工作、生活者，可以使用催眠药物，尽可能减少或避免失眠与焦虑、紧张等情绪形成恶性循环。

另外，"川军"中有人认为自己是来支援武汉的，不能倒下，更不能示弱，在英雄主义情怀的驱使下，似乎失眠更容易被自己及大家接受，这实际上是一个误区。在疫情暴发期"好好睡觉"，其实就是要心态好、规律好，睡眠才能好，工作才能更好！

经过睡眠知识的普及，控制住失眠焦虑，我们"川军"失眠情况大有改观。我向大家喊了一句不是口号的口号："'川军齐努力'，再努力！减少为失眠所缴的智商税！"

2月21日，四川省第十批援鄂医疗队奔赴武汉。这支医疗队由来自四川省部分医院的28名精神科医生、10名护士及12名心理咨询和心理治疗师组成，由华西心理卫生中心李进教授担任领队。

电话里听李进的声音柔中带刚，十分悦耳。一碰面，见她高挑的身材，一张秀气的娃娃脸，印证了"不仅是声音美女"的猜想。她快速准确的讲述，透出重庆妹子的火辣。

她说："药石难治心病。这次新冠肺炎疫情暴发突然，产生大量的心理疾病。因此，四川省卫健委决定派出心理医疗队。我们除了要对患者施治，还要关心一线医生护士的心理健康，在一个月之内，做危机干预149人次，个别心理咨询1635次……"

我说："广大读者，包括我，不懂心理学，你就讲几个故事，说说你们的工作吧！"

她几乎是"信手拈来"，讲了三个小故事，个个都感人——

在方舱医院，有一个患病的小伙子，爸爸因感染新冠肺炎去世，妈妈又住进了火神山医院，生死未卜。他烦躁、惶恐，表现出绝望、厌世情绪，极度悲观。经我们四川医疗队心理医师的多次辅导后，他从阴霾中走了出来，心中有了阳光。他坚信，一定能够与妈妈团聚。后来，他康复出院了。过了多日，他给医生发来一条短信："妈妈走了。我把妈妈的遗体捐献给医学事业。请相信，我仍然会坚强地活着！"

在武汉市第五人民医院，有护士对我说，有一位60多岁感染新冠肺炎的老太太经常暴怒、惊恐，还要咬人！我一听，就觉得60多岁的老太太要"咬人"不可思议。后来，我与患者的妹妹沟通后，才了解到，老太太从小发育不良，智力低下，有严重的认知障碍。她一直靠妈妈和妹妹照顾，过着"与世隔绝"的生活。环境突然改变，生活中只有穿白大褂戴面罩的陌生的医生、陌生的护士，她感到非常恐惧。只有3岁娃娃智力的她，所做出的反应就是要"咬人"。我对主管医师说："一定要固定护士，主治医生也不要换。让她熟悉声音，感到有安全感，适应了这个环境，就会安静下来。"这个60多岁的"女童"首先治好了心病，后来也治好了新冠肺炎。

也是武汉某医院，有位副院长都患了心理疾病。怎么会这样呢？

其实，武汉本地的医务工作者，比我们援鄂医疗队的队员要承担更重的压力，他们首先面临的是亲人和朋友的生存压力，患者及患者家属的呼救，又都是冲着他们来的。援军到达之前，他们已经疲于奔命。

这位副院长所在的医院，由于床位有限，本院职工的患病家属都住不进来……抱怨的话，冰雹一样向他砸来。内心的自责、愧疚更是压得他喘不过气来。更不幸的是，由于长期超负荷工作，他的抵抗力下降，也感染了新冠肺炎，倒在病床上。他知道，精神到了崩溃的边缘，必须看心理医生，便主动跟我交流。他终于有时间，把塞满头脑的痛苦记忆、消极情绪，统统倾泻出来。他时而低声哽咽，时而号啕大哭。医院还请来他的爱人陪护，他终于能闭上眼睛，沉沉入睡了。经过心理治疗，我们离开武汉时，他已经转到了康复医院，但我们还是不断地通过微信进行交流。

他的身体完全康复之后，给我发来了一条短信：

"是你们，给武汉带来了春天！"

第二十二章

疫霾中，一束温暖阳光

2012年，华西医院提出建立"阳光医院"。2016年，华西医院与武汉大学人民医院、中南大学湘雅二医院、同济大学附属同济医院共同发起，成立全国"阳光医院联盟"，推广"阳光医院"理念和模式，即：在把心理服务的内容融合到日常的临床诊疗中，让生物—心理—社会的医学模式（这个模式已经提了几十年，但在中国主要还是纯生物学模式）能够在中国落地，使我们的服务是有温度的服务。

　　张伟说："华西医院从2003年起步，已经对20%的医生、护士、辅导员、行政人员、后勤人员进行过心理咨询培训，给各个科室培训'阳光天使'，这在全国的同级医院中是开先河的。今后，对全院的心理咨询培训，还要常态化。这次抗疫，显示出心理干预的重要性，也是'阳光'在向着武汉延伸。"

　　华西医院在初期遴选抗疫战士时，就充分考虑了患者面临突发公共事件时可能会产生的严重心理问题，派出了具有心理卫生背景的护士，他们正是日常奋战在临床一线的"阳光天使"。

　　张岚收集了一些"阳光天使"的故事，请天使们一一道来——

袁冬梅（疼痛科"阳光天使"，华西医院第三批援鄂医疗队队员）

呼叫铃声响了，还是20床的那位阿姨。我进去的时候，她就直愣愣地问我："我昨天住进来到现在，没有吃药，没有输液，也没有治疗，是不是医生把我忘记了呀？如果还没有治疗，我就不治疗了，我也不想活了……"其实，她完全忘记了我们所做的一切。

话还没说完，阿姨已经泣不成声了。当时，我想到我们在做培训的时候，督导老师说如果病人说"我不想活了"，那是在告诉我们："我太想活了，请你帮帮我！"

我没有离开，握着她的手说："阿姨，您一个人在这里治疗，肯定特别想念您的家人，肯定也想早点治好，出去见到他们。"我给她递过去一张纸巾，她一边擦拭泪水，一边絮絮叨叨，话语中藏不住的是恐惧和无助。

我安抚好她的情绪，开始指导她做深呼吸的练习，慢慢地呼出、吸进，她觉得好多了。我还让她有事情就找我，这些"稳定化的技巧"就是她在当下危机中所需要的。

这里有太多病人需要我们，我们竭尽所能多和病人谈谈心，了解他们的心理需求，缓解他们的焦虑不安，让他们心理健康起来，增强抵抗力，更快战胜病毒。

杨雪（老年科"阳光天使"，华西医院赴成都市公共卫生临床医疗中心重症病区成员）

我们病区有位80岁的婆婆，刚来时，她被约束带约束着，老人家不配合安置胃管，每天拔五六次留置针，总是闹着要下床。看着被约束着的老人，我觉得她一定很不舒服。我过去握住她的手，和她聊家常，听她讲自己的儿女以及孙辈的事情。婆婆很焦虑，认为她给家人添了麻烦，也害怕自己会死去，身边连个送终的人都没有。

原来婆婆"不合作"的背后藏着隐情。我给她讲，我们是华西医院来的，派了最厉害的专家过来帮助她，其实家人一直在关心她，鼓励她和家人通电话。慢慢地，一点一点地给婆婆一些值得期盼的念想，让她看到一些希望。此后，我每天都和她聊天，聊她以前遇到的那些困难以及她是如何去克服的，强化她的正面情绪……

经过几天的努力，婆婆已经能够主动配合我们的治疗了。

因为疾病而被隔离，这对本来就害怕孤独的老年人来说，肯定会产生恐惧情绪。通过我们动态的关注和及时的干预，老人的安全感建立起来了，最后，完全不需要约束就能主动配合我们的治疗。

口罩遮住了口鼻，却遮不住温暖；隔离衣遮住了全身，却隔不了爱心。

宋钿（传染科"阳光天使"，华西医院隔离病房护士）

那天，我上中班，听到铃声，从呼叫器里听到是患者在哭泣，已经泣不成声。我赶到床旁，是个21岁的女孩子，据说是名大学生，趴在枕头上痛哭。我扶住她的肩膀安慰她："你是想知道自己的检查结果吗？我刚看了，核酸检测为阴性。"女孩子没有回答，还是哭。我又问："你是想念你的家人了吗？"她依然没有搭理我，我顿时感觉帮不到她，心里有点着急。片刻间我想到我们督导老师曾经分享过的案例：当患者没有回应的时候，不一定是患者拒绝我们，也许只是因为她没有想好怎么去准确表达自己的感受，我们可以先陪伴她一会儿，等她情绪慢慢稳定后再听她说。

于是，我在她的身边陪着她大约10分钟，那10分钟里我只是握着她的手，偶尔拍拍她的背。她的哭泣声越来越弱，直到完全停止。她说："姐姐，我不想待在这里，我的同学和老师要是知道我在这里住过，以后我就没有朋友了！"

真相终于浮出来了，原来，她是被病耻感干扰得不能平静。我告诉她，我特别能理解她的担心，同时赞扬她正确地接受了隔离，这样不仅保护了自己，其实也保护了身边的人。我告诉她，她的核酸检测结果为阴性，很快就能出院，全国人民都在帮助新冠肺炎患者，生病不是她的错，不是某一个人的错，老师和同学也在关心她而不是嫌弃她。慢慢地，她的眉头舒展开来，我也就放心地离开了。

有时候，人们的担心，是因为受到太多灾难化的思维的影响，坚定地给他们正确的认知，就能帮助他们缓解很多的焦虑。

接纳技术是第三代行为疗法的技术核心。这种技术强调允许负性体验的存在又不受其影响。对新冠肺炎患者的干预，就是我们接纳新冠肺炎患者，不因为他患传染病而嫌弃、鄙视他。这位患者感受到自己已经被我们接纳，医院是将疾病与人区别开来的，纠缠着她的病耻感消除了，情绪就正常了。

王丹（结核科"阳光天使"，在华西医院临时调度的疑似病人专区工作）

我遇到一位75岁的老爷爷，核酸检测两次都是阴性，但他是呼叫我最多的人。一会儿说"护士妹妹，我感觉有点不舒服，你快来看看我"，一会儿说"你给我测测血氧，是不是降低了"，一会儿又说"你帮我看看我心跳是不是有点快"。他病情不重，却是最能"折腾"的一个，大伙儿都说让我好好找爷爷"摆谈一下"。

我特意抽时间来到他的病床前，爷爷除了跟我描述他的不适，还跟我说："姑娘呀，我住院两天了，喉咙和鼻子都检查了，没问题吧，我会传染给我家小孙子吗？我看医生护士穿的那个衣服，和外国有部死了很多人的电影里面的一样，很吓人。我用的这些药物副作用大吗？我老伴在家还不晓得有没有问题呢？你们不会嫌弃我这个老人麻烦多吧？我心里乱得很，人在医院，心却完全没在医院。"我没有打断他，我想，即使是倾听，也是很好的心理治疗。

听完爷爷的描述，我确信，爷爷的不适，是心理不适，主要原因是他对新冠病毒不了解。我制订了一个干预计划，教给爷爷关于新冠肺炎疫情防控的知识，教他怎么洗手和戴口罩，告诉他疾病是怎么传染的，还告诉他我们为什么要穿隔离衣以及戴护目镜和口罩……为此，我花了大量的时间，让老人家逐渐开朗，坚信自己定会早日康复。

立春那天，爷爷告诉我，窗户外面的樱花开了，春天来了，他要和家人去赏花喝茶。

在这里，我采用的是我学到的澄清技术。患者因为应激，思维混乱或表达不具体，通过澄清技术和医护人员的解释，可以让患者拥有正确的疾病应对技巧，减轻焦虑恐惧情绪。

张岚说：在华西心理援助热线值班的治疗师也讲了小故事。

刘绪欢讲的是：一名护士，因亲眼看见同事在岗位上倒下没有抢救过来，心里埋下了阴影。回家后，情绪更加消沉，感觉要崩溃了。我给这位护士的爱人提出了陪伴、理解、分担、引开几种方法。多次通话之后，心理干预渐渐有了效果。这位重感情、责任心强的护士，终于走出阴霾，心中有了阳光。

李青讲的是：一个少女，担心出门被别人感染而反复洗手好几次，由此产生了焦虑情绪，一连提出许多怪问题。

张岚总结说：从因感染新冠肺炎而不想活了的婆婆，到洗手洗出强迫症的少女，新冠病毒不仅对患者的肺部和脏器进行攻击，还给民众带来了大量的消极情绪，引发了心理疾病。这是我们心理医生担当重任的时刻，也是心理医学大踏步向前推进的重要契机。

心理医生的成果，不容易量化。被治愈的患者若不开口，也难以了解其中的曲折与艰辛。但我坚信，心理医生们的努力，是疫霾中一束温暖的阳光！

第二十三章

樱花雨说：你们是最美的天使

苟慎菊与老公路遥，由华西同窗成为恩爱夫妇，路遥在另一家医院。他俩的微信，充满了成都人的幽默。苟慎菊称路遥为"我家的'二货先生'"，路遥给苟慎菊起了不少妙趣横生的昵称。而最新的是什么呢？因为四川火锅协会发起"向逆行者致敬，四川火锅解乡愁"活动，说凡是援鄂医疗队成员可以免费吃一年火锅。"二货先生"居然把微信上苟慎菊的备注名改为"移动火锅打折卡"。甚至，在2月7日，苟慎菊要奔赴武汉，分别时心中难过，路遥却调侃道："我们本来要飞新加坡，去马六峡吹海风的，你却改签武汉，飞风暴中心了。"

　　我乐意为这样充满爱心又特别有趣的年轻人充当"秘书"。

　　3月23日晚上，苟慎菊在电话中讲："开车的师傅故意犯了个错误，一个美丽的错误，让我们看到了武汉的樱花。真是太美了！"

　　今天是3月23日，天气好极了，气温上升到二十七八摄氏度。下午4点半，大巴车准时来接我们14个女同胞回酒店。

每天，都是同样的路线，从酒店到医院，从医院到酒店，单边40分钟车程。因为下班时，已是精疲力竭，哈欠连天，想到回酒店后，还要吃晚饭，搞个人卫生，酒精喷衣物，洗热水澡20分钟，要折腾一个多甚至两个小时才能睡，不如上车就打个盹。而ICU的医生和护士，早已练就一番功夫，闭眼就能睡，十几二十分钟也能打个盹，40分钟，足以睡个好觉。我拉上窗帘，开始闭目养神。

算日子，来武汉40多天了。我们这支康焰"康师傅"率领的队伍，肯定是最后撤离武汉的。出发之前，我给4岁的儿子嘟嘟说："妈妈要出差两个星期。妈妈去给许多像你一样乖的娃娃看病病，你要好好听爸爸的话。等妈妈回来，给你买玩具，带你去游乐园耍哈。"嘟嘟很听话，想到妈妈要跟病毒打仗，就画了一只大乌龟，背上驮着红十字医药箱，去往他心中的前方。后面又画了一只小乌龟，也背着药箱，紧跟着妈妈的脚步。

为什么嘟嘟特别喜欢乌龟呢？是因为我给他讲了龟兔赛跑的故事：乌龟虽然跑得慢，但它坚持，它踏实，它一刻也不停地往前爬，最后胜利了。骄傲的兔子输了。故事讲完了，乌龟也成了嘟嘟心中第一位英雄。

在武汉，我们每天都十分关注全国的疫情，新增病例春节后节节攀高，形成令人揪心的尖峰。在全国4万多名医护人员驰援湖北后，尖峰趋缓，一天天跌落，从每天千例到每天百例，现在跌到每天十几例了。所有援鄂医疗队队员都明白，这条大尖峰曲线趋于0时，就联结着另一条路——那就是凯旋之路。对于我，就是"大乌龟"和"小乌龟"的团聚之路。

由于新冠病毒超强的传染性，隔离成了制止它传播的最重要手段。病人之间要隔离，医护人员之间要隔离，医护人员与普通民众要隔离，亲朋好友之间也要隔离！也许，"隔离"是2020年春节以来，中文之中使用频率最高的词了。

隔离，想起来黯然神伤。人本来就是群居动物，隔离成一个个孤立的个体，真有点悲催。但隔离，又产生了许多思念，产生了"距离美"。

我还以为，只有我家嘟嘟画"大乌龟、小乌龟"表达思念之情，没料到，医疗队的所有兄弟姐妹的娃娃，一下子"隔离"出好多小画家、小诗人。原来，亲情，爱情，友情，根本无法隔离！

情人节那天，手机上花样百出，被隔离两地的夫妻、恋人，"P"出了好多有趣的画面，看得人又哭又笑。

而最为动人的，是白浪医生和他的妻子徐珊玲医生，他俩都参加了援鄂医疗队，在同一医院却在不同的病区，两人好多天见不上面。这天，在医院里的一条小路上，他们不期而遇了。既不能握手，也不能拥抱，只能彼此对视着。

白医生看到妻子一脸倦容，徐医生看到先生熬红的双眼，各自说了声"多保重"，就挥了挥手，又各奔东西了。

这就是"隔离"，隔出更深的更美的爱情。

就像天河两边的牛郎织女，隔离出了流传几千年的爱情故事……

我正在打盹，突然听到有人说："师傅，你走错了，这不是回酒店的路啊！"

师傅说："我晓得，我是故意犯错误。我负全责。我要拉你们去看樱花！"

看樱花？看樱花！我们居然能看樱花了！车里一片欢呼声。

我们与外面的世界隔离得太久了。浸泡在药水和消毒水中的日日夜夜，分分秒秒都在跟死神比高下。不知不觉间，春天——武汉的春天，不可阻挡地来临了！

大巴车停在金融港四路，一条大马路中间。因为封城，见不到一个行人。师傅说："下车，闪几张照片就回来，只有5分钟时间！"

哗——车门一开，阳光下盛开的樱花，鲜亮得让人目眩。

站在街中心看两旁，排列整齐的樱花树，枝头挤满了密密麻麻的花朵，柔美的花枝在风中摇曳着，像无数双挥动的手臂，欢迎我们这群远道而来的白衣战士。

我们14个人，穿着工作服，戴着白口罩，一排盘坐，一排微蹲，双手比着一个"心"，在武汉的春天，留下了珍贵的合影。

只欣赏5分钟，将陶醉一辈子！回到车上，看那些樱花，每一朵都在向着我们微笑。

师傅说："快些走吧，两边的楼上，还没得人发现你们。要是发现了你们，他们会跑出来，跟你们合影，向你们表示感谢。那就要惹麻烦了。"

这位师傅，姑隐其名，已经跟我们非常熟悉。有时，有人提早下班，他宁可自己多跑一趟，也要尽快把我们的人送回酒店休息。

他向我们解释说："你们来武汉这么久了，没看到武汉的好风景，人人看到的是死亡线上挣扎的病人、愁眉苦脸的家属。我今天是宁可犯错误，也要让你们看看，武汉有好风景，武汉的春天，有非常好看的樱花！"

我们纷纷对师傅表示感谢，夸得他哈哈大笑。

然后，大家七嘴八舌地说："武汉人民对我们太好了。只要有一个医生走在街上，就会有出租车、摩托车停下来，硬要送我们回酒店。"

"我们拆开食品袋，经常读到武汉人民写下的暖心的纸条。"

"每一个痊愈的人，都要跟我们合影，要记下我们的名字。"

师傅说："我的亲朋好友知道，我在给你们华西医疗队开车。都说你们，人好，心眼好，医术特别高，都夸你们是最美的天使！"

"你们是最美的天使！"——在病房，在感谢信中，我们多次受到这样的赞誉，今天听到这话，感觉到有一股震颤心灵的力量。

大巴车，飞驰在粉红色的云霞之中。春风，越刮越大，从天而降的樱花雨，细小的粉色花瓣，旋舞着，依依不舍地拍打着车窗。天地之间，风"雨"之中，仿佛有声音在说："你们是最美的天使！"

哦，武汉，樱花，如此之美！

回到酒店的这段路上，我们全都在默默地流泪。

3月23日夜，我接完苟慎菊的电话后，立刻从网上搜看武汉樱花，不禁感叹道：春天终于来了！于是，写下一首《武汉樱花赞》：

凄风苦雨，料峭春寒
樱花树在默默承担
从不挺拔，永不折断
枝条上暗写迎春的标点

武汉哭泣，神州黯然
亿万人在共同分担
天使逆行，背水一战
脚步声猛敲迎春的鼓点

啊，谁能挡住
谁能挡住武汉的春天——
樱花开了，樱花开了
花的云，花的海，花的地，花的天……

武汉，用最美的绽放
回答一切苦难
武汉，用樱花的笑容
宣读着不屈的誓言

第二十四章

是"娘屋",又是"魔鬼训练基地"

——另一角度看华西之一

7月17日晚上，我再次与乔芊芊聊，让他说说对华西的印象。我想，换一个角度说华西，内容会更加丰富。

　　乔芊芊，武汉大学人民医院麻醉师，在此次抗疫中表现突出。据《现代汉语词典》解释，"芊芊"是草木茂盛之意。而这芊芊，却让人想起读音相近的"纤纤"，纤纤素手、纤纤弱弱之类属于女性的词儿。我要向读者介绍的芊芊，是一个憨厚的小伙子，也是一位插管高手，他把一根根导管迅速准确地插入新冠肺炎重症患者的咽喉，引来高浓度的氧气流，挽救患者的生命。

　　这是一件极其危险又很细致的活儿。当我问到他的工作时，他一阵轻描淡写，而谈到跟华西的关系时，完全是浓墨重彩，讲得很动情——

　　疫情暴发后，我从医院本部派到东院区，本来是来临时顶替一下休息的值班医生，结果疫情扩散很快，东院区组织了应急小分队，我便成为应急小分队成员，主要负责插管。

　　什么是"插管"？这是呼吸类疾病患者进入危险期时，一种重要的治疗手段。插管，可以从鼻孔进去，经鼻腔插入，但容易出血；对新冠肺炎患者一般采用从口腔进入，插向声门，插入气道，并开放了气道。具体的过程是，对患者全身麻醉，待自主意识全无，肌肉松弛下来之后，掰开下巴，由喉镜引导，将导管插入咽喉。整个过程，患者是无意识的。在开放气道的过程中，操作者需要直面气道，患者呼出的气团悬浮空中，或痰液直接喷出，都带着大量的新冠病毒。若是我们的防护稍有疏忽，就可能"中招"。

有人说，插管就像敢死队队员抱着炸药包，冲向敌军堡垒前的要害位置，沉着、镇静、敏捷地拉燃炸药包，自己还能完好无损地脱离危险。这种比喻虽有点夸张，但也说明了插管对于临床的医护人员来说都是极大的冒险。

全国各地的医疗队来之前，全院有50多名医生护士被感染。说起物资，什么都缺。一个班做下来，轻易不敢摘口罩，只怕摘下口罩再喊你上手术，你连口罩都没得了！最困难的时候总算熬过去了，我相信，日子会越来越好过。

东院区26个病区，有些病区没有插管医生，哪里需要插管，特别是高风险的，我就得上，最忙时一天插七八次管，意味着三层防护服穿了又脱，脱了又穿，夜以继日不得休息。

我原本在隔离酒店有个单人间，离医院8公里，因为太累，随时可能被叫醒去插管，我和我的伙伴小刘便申请了一间空病房，搬了两张床，在最忙的时候可以睡个囫囵觉。那一层楼，就我俩，临时性地用被单分了区，外出的衣服和鞋子与生活用品分区摆放，看起来凌乱，其实有条不紊。对于我们这种高风险的人，自觉与众隔离，对人对己都是负责任的表现。

武汉2月的大气还相当冷，为了防止院感，中央空调停了，房里有盏太阳灯，提升点温度。至于吃饭，送来啥吃啥，什么咸呀淡呀，根本就顾不上。

华西医疗队的医护人员，先是注意到我的忙忙碌碌，后来有人参观了我的临时住处。跟他们的井井有条，当然没法相比。他们只看到凌乱，没有看到凌乱中的规律。甚至说：芊芊连个睡觉的地方都没有，临时铺个"窝"，没箱子没柜子，衣服乱脱一地，太造孽了！四川人说"造孽"，就是处境艰难，值得同情的意思。

我先在华西医院第二批援鄂医疗队队长刘丹那里帮忙，听说她有自嗨锅，简直觉得有点不可思议。她当天就给了我一些，确实好吃，那辣，那麻，那鲜，极大地刺激了我的胃口，只可惜，是素的，不过瘾。后来，认识了基鹏他们几个师姐师兄，问我需要什么，我也直言不讳地说，要自嗨锅，特别强调：要有肉！有肉！有肉！

我这"要有肉"的呼喊，竟引起了更多的华西兄弟姐妹的关注。我的身份，很快就暴露了——原来，我从2012年至2015年，在华西麻醉科读了三年硕士，康焰主任还教过我呢。

康主任，还有晏会主任、田永明总护士长，纷纷表态说："芊芊，你虽然是武大医院的人，但华西是你的'娘屋'。你有啥子困难，只要说一声，'娘屋'一定要把你管起来！"

"娘屋"二字好暖心啊！

我不是说武大医院不管我，是疫情来得太突然，仓促应战，大战加混战，根本顾不上。在最苦最累最紧张的日子，多了一份关照，让我更增加了一份信心和力量。

晏主任送来了衣服、拖鞋等一箱生活用品，还有一箱好吃的，说起牛肉干、冷吃兔都让人腮帮子发酸。什么都不缺了，我又想了想，挺不好意思地问："晏主任，有没有剃须刀啊？你看我，半个多月没刮胡子了，我爱人说我，不化妆都像个土匪……"晏主任爽快地说："好！"随即给我送来了剃须刀。

我当天把自己收拾得容光焕发、神采奕奕，给家人一视频，都夸我"挺精神"！

与"娘屋"的医疗队相处，我看到康焰、刘丹，作为队长总是身先士卒，在最危险的病床前，在最关键的时刻，总会见到他们的身影。一位患者突发情况，基鹏用简易呼吸球救急，那球捏上十几分钟，手就酸了，劲就小了。康主任见状，叫基鹏换他捏，一直捏到插管准备做好了才放手。我们医院的同事背地里都夸奖华西医疗队真是真心诚意来救人的，我心里也觉得甜滋滋的。

我多次受到医院的表扬，大家对我的插管技术、对我的医术，都有很好的评价。我要说，为什么能得到这么多表扬，这真得感谢在"娘屋"读研的那三年！

我们麻醉科的刘进主任是全国麻醉师协会的主委，水平高，要求严。我的导师谭玲教授非常注意言传身教，每周要在手术室做四天手术。我们的学习环境相当包容，老师总是鼓励你说出不同的想法，说错了也没关系。做完了临床，还有专门的老师做理论指导，让你"知其然，更知其所以然"。

那真是拓宽视野的三年、脱胎换骨的三年，那更是"魔鬼训练"的三年啊！你知道那三年，我经历了多少台手术吗？1500台！平均每年做500台手术，那累，那困，那忙，真是不堪回首，却让我打下了扎实的基础，终身受益啊！

在华西，我听一位住院总医师对我说："你来当三年华西的住院总吧，硬是要脱你几身皮！"

回望华西，不管是叫她"娘屋"，还是叫她"魔鬼训练基地"，在我心中，她永远是那么神圣，那么崇高！

后来，基鹏又发来一张照片，是芊芊在手术室外，抱着个大冰块。这是怎么回事？芊芊告诉我——

3月中旬，我回到医院本部，成为应急小组组长，成立了应急手术室。我们手术室主要收突发性危重病人，比如心脑血管疾病患者、急症的产妇、外伤严重的人，要给他们做核酸检测来不及了（若要做检测得五六个小时，耽搁不得），就送应急手术室，为中心手术室保驾护航。

天气越来越热，进入6月，武汉已初显"三大火炉"的威风。这个手术

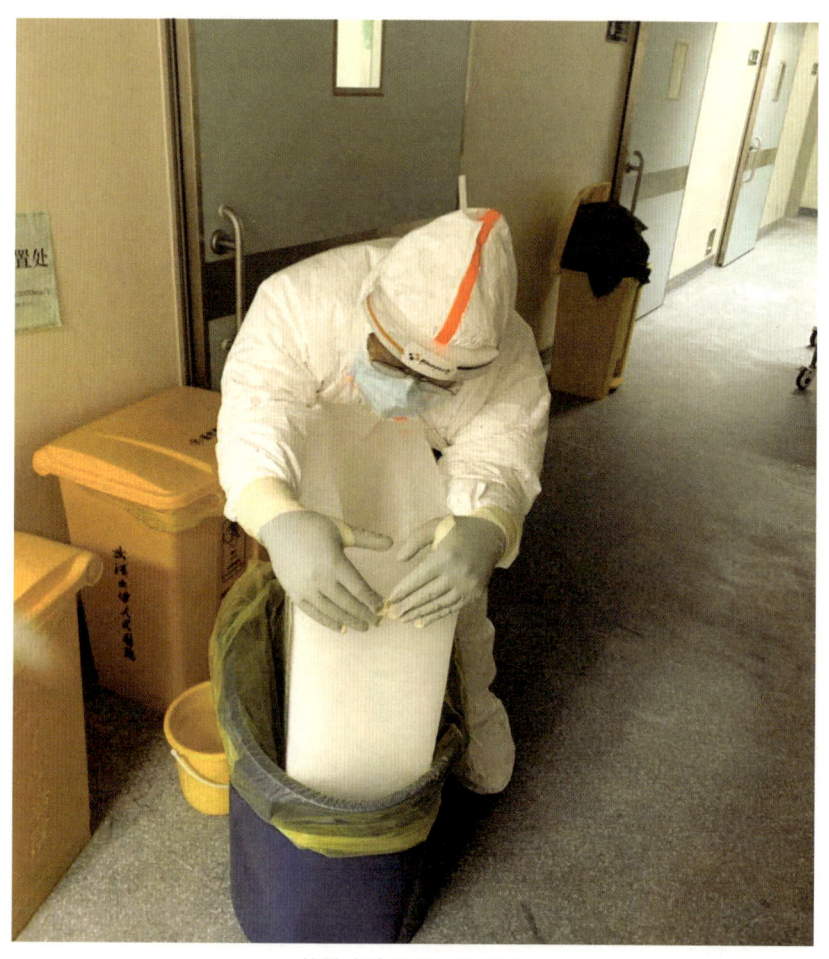

抱着冰块降温的乔芊芊

室，因为中央空调停用，身穿三层防护服，热得难受，只得在手术室放几桶大冰块，用风扇吹冰块来降温。做完一台手术，我就抱着一大冰块，给自己的身体降降温，稍微爽快一点。

基鹏师姐看到这张抱冰块的照片后，写道："心疼死我了！"

第二十五章

骨子里的侠骨柔情
——另一角度看华西之二

赵娜，武汉大学人民医院耳鼻喉科医生。经基鹏介绍，网上结识了这位有着甜美女中音的医生。她讲述了武汉战"疫"期间的经历，谈及她心目中的华西医疗队——

前两天，一位朋友问我：在武汉过得好吗？我回答她：很好，比在上海的时候还要好。她很诧异：怎么会呢？可我想说：真的是那样的。

在这场疫情里，每个人都有不同的感受，或恐惧，或悲伤，或失望，或愤恨，或隐忍。而我，竟意外地觉得有些"庆幸"。生出这样的想法，我自己都吓了一跳。不是庆幸自己在疫情一线没有染病、没有连累家人、没有愧对父老乡亲，而是庆幸自己留在武汉大学人民医院东院区23病区，与华西医院的各科专家教授一起对抗疫情。在此期间，我感受到了名医们的豁达博爱与仁心仁术，还受到了那么多教授、老师的关怀与教导，真的是人生很大的一笔财富。

让我从头说起吧！

2020年，14亿中国人几乎都没有过好春节。有关新冠肺炎的各种信息一下子就炸开了。我作为医生，不信"风言风语"，但周边的恐慌气氛，越围越紧，我终于面对现实了——

一位感染新冠肺炎临盆的产妇，从江夏区医院送来。医生给她做了剖宫产，母子平安。当她清醒过来，给江夏区医院打电话时才知道，老公就在娃娃诞生的那一刻去世了！在这之前，她的公公因感染新冠肺炎过世，没想到，她的老公也走得那么快。产妇顿时崩溃了，选择跳楼自杀，幸亏被医生护士拦下……

此事，就发生在我们医院！

而我们医院本部那边，眼科有多名同事被感染，有的整个楼层的医生护士出现了症状。被隔离的本院职工，转这个科，又转那个科……更让人难以支撑的是防护服短缺、医药用品短缺、人手极度短缺。能上班的医护人员已经连续熬夜十几天，身心俱疲，一个个累到了极限。

每天发生的悲剧，加剧了恐慌感，我像坠入黑暗的深渊。

2月2日，继而是2月7日，终于看到一线光亮，国家卫健委先后两次调来的"国家队"——四川大学华西医院的140名医护人员，来到我们武汉大学人民医院东院区。

按组织安排，我和邓师兄留下，协助他们接管23病区和24病区的重症患者。我当时还有一种担心，怕华西医院的医生和护士们"水土不服"，一时不能把重任挑起来。

结果，他们一到医院就完全进入角色，真是令我佩服。

先说康焰主任，他查房，问得非常细致，查完房还要出来讨论，在电脑前，分析每一例病案，让我感到华西的ICU有一套非常完整的管理制度；每天的交接班，事无巨细，都有非常完整的程序；每名护士，都有非常强的能力。我说了三个"非常"，是吧？

还有一个"非常"，康主任作为全国知名的重症专家，非常平易近人，没有一点大主任的架子，讲话和蔼可亲，讨论医案循循善诱。特别让我们感动的是，他经常在清洁区和我们一起吃午餐，还跟我们开玩笑。整个团队的气氛都非常活跃。

华西医疗队由各科专家组成，每个病人都能得到全面的会诊，让病人精神上得到安慰，也让病人家属更放心。他们有的风趣幽默，有的细致入微，有的风风火火，有的内敛含蓄，各有各的特点，但共同的一点就是，都想尽量为武汉多做一些事。中医科的冯睿智老师，我们叫他"冯国医"，是电脑高手，发现我们的电脑有问题，立刻动手更新软件，让我们很容易查到共享资料。博士后许慎，会编程，为电脑安装了新程序。

他们还有一个共同点就是非常敬业，不管自己多么辛苦，只要是为了抢救生命，就毫不犹豫地付出。个别的抢救未能成功，患者去世后，那个总结报告做得非常认真，甚至带着很深的感情复盘临终时刻的最后努力。他们总是认真反思，如果哪一个环节，再努力，再放大胆子，放手一搏，会不会是另一种结果呢？

到了后期，对每一位死者复盘的会议，升级由国家卫健委主办，在武汉会展中心举行。报告人要面对全国顶级专家群的评审和提问。若是准备不充分，不仅丢人现眼，还会影响到所在医院的声誉。

当康焰主任要张凌、赖巍去做一位老年患者的死亡报告时，他俩都有惊雷炸响耳际的感觉："为什么是我们？主管医生不是薄虹吗？"康主任说："薄虹正好轮上24小时的值班，病房那边离不开她。"当时，我真为张凌老师捏汗，从熟悉资料到做好PPT，时间相当紧迫。没想到，他们的PPT做得好极了，汇报非常成功，让所有的专家和与会者折服，称赞"华西的水平就是高"。

还有一件事必须说一说：3月9日，是我的生日，我自己按抖音教的方法，提早用电饭锅做了一个蛋糕。我满心欢喜地揭开锅盖一看，哪是什么蛋糕，更像是一堆皱巴巴、黑不溜秋的霉干菜，实在拿不出手！封城后武汉点心铺都关门了，哪有什么生日蛋糕？

没想到，徐原宁教授是个有心人，无意间听到我说："三八节后，过一天就是我的生日。"他把消息透露给护理部主任田永明，田主任通过鑫阿丹酒店悄悄想办法，订到一只生日蛋糕，让护士杨旭琳去取回来，在清洁区的医生办公室，为我举办了一个热热闹闹的生日"派对"。康主任，还有十来个下了班的华西的朋友纷纷向我祝贺——当我看见蛋糕时，愣住了！这是什么时候啊，哪个糕点房的师傅还敢冒险上班？当我戴上"皇冠"，大家唱起祝福的歌时，我真有点忍不住流下热泪。

在生日之前，是三八妇女节。华西医院联系上香港大明星成龙、曾志伟和洪金宝的儿子洪天明，他们通过视频，向我们祝福节日快乐。成龙还特地向我祝福："赵娜，生日快乐！"

在举国抗疫最紧张的日子，我在医院里度过了我这一生难忘的生日。

华西的医生护士，个个都是有心人。他们得知我因为买肉困难，吃了好几天青菜，便把四川寄来的钵钵鸡、自嗨锅、牛羊肉、酸奶等让我拿回去吃。我不得不说："四川人，真的是骨子里的侠骨柔情！"

他们不仅送同事，还送病人。病人身体虚弱，他们就送奶粉；年纪太

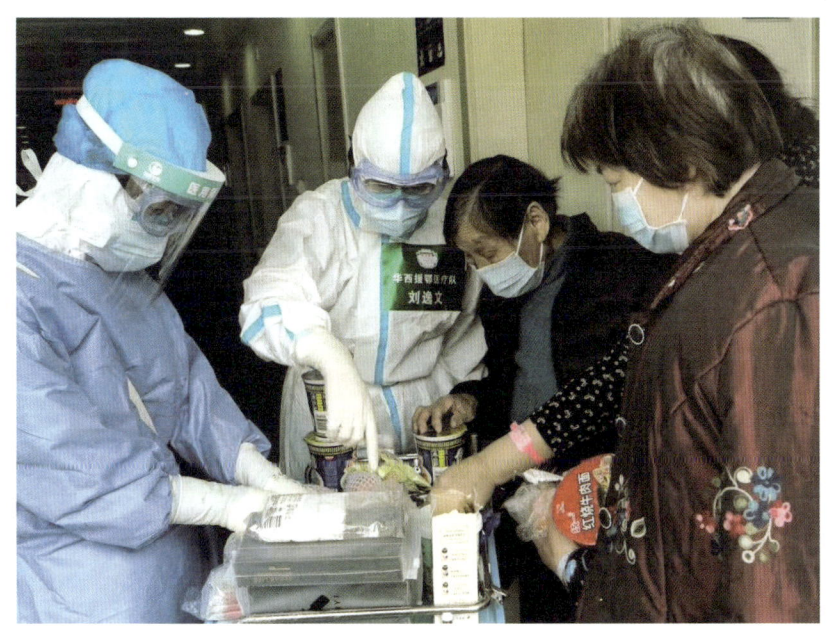

小推车推出的情意

大，吃不了硬的，他们就把面包送进去；上厕所不方便，他们就把尿不湿送进去。每天有护士推着小推车，走向病房，小推车上是华西医护人员捐出的生活用品、小食品，让患者各取所需。

还有的患者想理发，冒出好几个"美发大师"——孙敖、许伦强、郑岚、贺娟，他们身穿全套的防护服，有说有笑地给患者理发。一个个娴熟地使用理发工具，真是好手艺！

心理科杨秀芳老师一直坚持给患者做心理疏导，陪患者聊天唱歌；护士许静舞跳得特别好，就成了教师，天天教舞蹈，特别是到了后期，病房的气氛非常好，可以说是"欢乐的病房"。

由此，我感到：对从医者来说，"医病"是完成任务，这是从业的基本要求；而"医病人"，既要医治患者身体上的病痛，还要关注患者内心世界的健康，并尽可能医治患者内心世界的创伤。华西医护人员对患者的人文关怀，时时处处体现出他们"医病，又医人"的更高的医学境界。

这两个月来，我感受最深的是：越是高尚的人，越能设身处地为别人着想。

4月8日，武汉解封。封城期间，4.2万余名医务工作者驰援湖北，把亿万中国人的大爱传递给武汉和湖北的患者。我希望这种大爱能从此传递开来，影响更多的人，通过一个渐变过程，让更多的人走向更高的精神境界。

第二十六章

他们是我生命中的一束光
——另一角度看华西之三

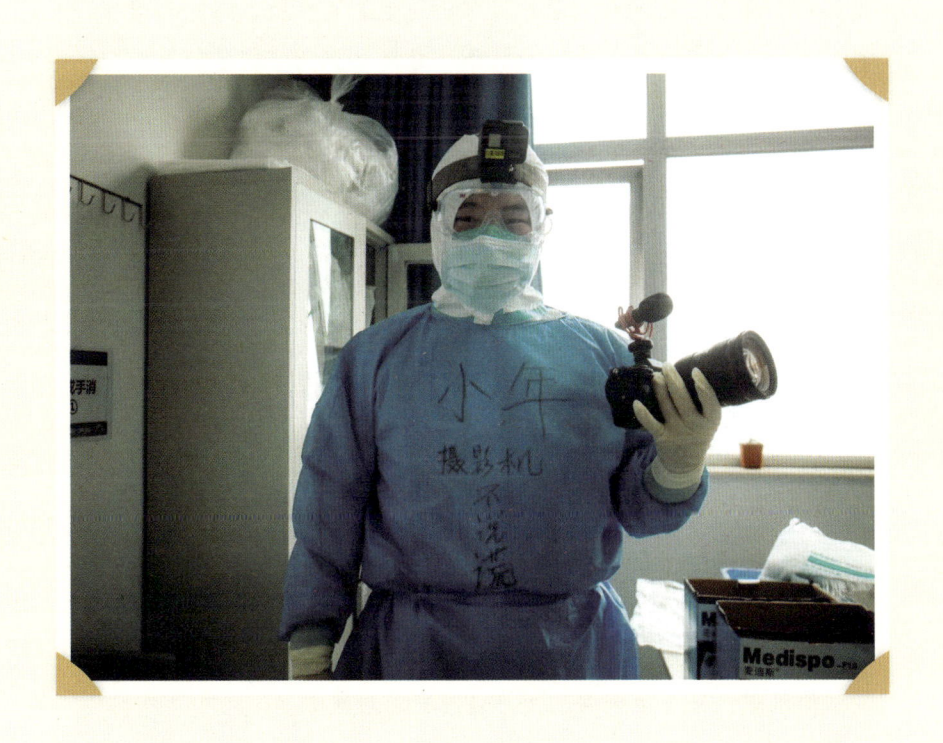

摄影师小年，戴着大口罩，在华西医院的停车场向我挥手，于是我们相见了。上网看纪录片《中国医生》战疫版，感觉相当棒，把好多大制作甩了几条街。想象中，非常精彩的第四集的摄影师，定是一位年资很高的腕儿，眼前这位北京娃，青春锐气逼人，令我感到有些意外。

想不到，我们聊了一个下午还意犹未尽。小年在一个个故事的讲述中，不断地从激越的叙事转到理性的反思，成熟得太快了，他说："生活不需要那么多伟大意义，去武汉，我没有什么高大上的目的，只想经历抗疫这件事吧。"

总以为，青春就是幼稚、不成熟。其实，成熟与年龄无关。哪怕是挺年轻的人，经历多了，也就成熟了。

越是平凡的人，越是在低处歌唱，越在低处唱，越能打动人，越能出好作品。

研究一下人间的爱吧，亲人朋友的爱你会觉得习以为常；待在武汉的医院，来自陌生人的爱，最难忘，最暖心。

外国记者跟我谈抗疫，爱往政治上扯。我说，不管你现在搞什么主义，国与国的分歧是暂时的，人类要进步，朝着更高的文明形态走。未来，肯定是求同存异，和谐相处，鲜花盛开，百鸟和鸣，一个和平的世界。希望大家都看远一些。

三个多小时之后，我感觉他成了与年龄不匹配的哲学家了。

他的谈话，照录音整理如下——

正过春节，我决定去武汉时，妈妈对我只有一个要求："你每天必须跟我视频联系，证明你活着。"听妈妈这一说，有点鼻酸。

出家门，我很平静，去武汉，一路上我也很平静。

我一直挺崇拜一战、二战时那些战地记者。此次战"疫"，也是一场生死大战，我要实现"战地记者"的梦了。

我从初中开始住校，养成了一切自个儿做主的习惯。我既没有拜师，又没有走门子，就靠自己多读书，有悟性，以第一名的成绩考入中国传媒大学，学摄影。毕业后，不属于任何公司、单位，但总有活干，因为我拍的东西，跟别人不一样，货好。

我是挺有想法的那种摄影师，决不盲目跟风。离京之前，听说好多待在剧组有项目的哥们儿姐们儿，全猫家里，等疫情过后才行动。我想，国家出那么大事儿，在家闲着，多可惜呀！

初到武汉，有点震撼。1000万人口的大城市，见不着人，见不着车水马龙，只有救护车拼命嘶叫着，挺恐怖。觉得整个城市都充满了病毒，每呼一口气都可能要命，不敢摘下口罩。

我2月7日去武汉，工作了一周，又休息一周。

2月26日，我正式接触华西医疗队。一踏进武汉大学人民医院东院区，第一眼就看到红色招贴，引人注目：

华西—武大新冠肺炎重症救治中心（23病区）

走廊安安静静，干干净净，身穿防护服的医生护士，脚步轻放，从容往来，让我的恐惧感顿消。我以为的混乱场面，没看到，我很想拍点医护人员胆怯、害怕的镜头，却根本无法拍到。

原来，华西医疗队来这里半月了，这里已一切就绪，完全走上正轨了。

我在门口待了好久，拍了好多空镜，拍鞋，拍衣架，等等。我想，如果进入病房，意味着什么？那可是重症病房——生死搏斗的最前线。

我注意到每个人，汗湿的头发，被口罩勒出的印痕，仿佛脸上都写着：新冠病毒并不可怕！于是，我走进病房，挺空，没有想象中的那种忙乱。

这里插入一个话题：我们搞摄影的对拍摄对象的表情有一种直觉，那种对着镜头假模假式，装得厉害的人拍出来不好看。

但是，我镜头瞄准的华西人，仿佛无视我的存在，他们说着可爱的四川话，各自做着该做的事。我拍了两天康焰主任，他的表情非常自然。他说：

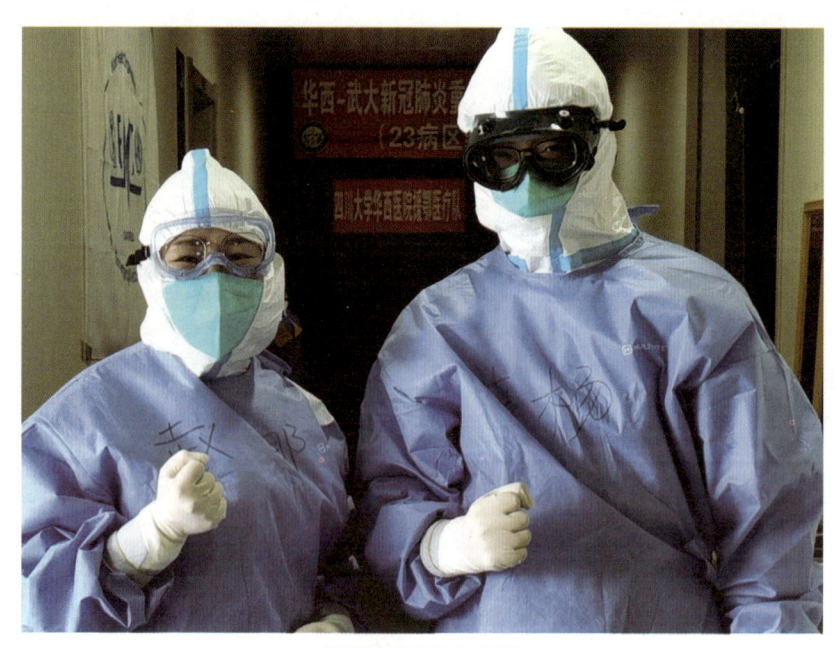

镜头前的赵娜和薛杨

"你们不要老盯着我拍,拍其他的医生和护士吧,他们和我一样的,大家都在齐心协力救病人。"

康主任很明显地表露出,不想被表彰,也不想出什么名,只想安心做他的事,不让精力分散了。我和搭档高博开始理解这一帮人了。

其间,也有媒体人来采访,或蜻蜓点水,或走马观花。对此"例行公事",华西医生和护士见惯不惊,应对自如。

我知道,我的"抓拍"很费功夫,很费时间,但我愿意。

不知不觉,我们在病房泡了半月,"抓拍"到很多好的细节,跟大家也混得很熟了。中午送餐,我俩也算是"编制"内的,跟大家一起吃饭,说说笑笑。护士长王瑞说:"你们能在这儿待那么久,算是我们的哥们儿了!"

其实,他们在"泡临床",我在"泡生活"。不知不觉,就走进了他们的内心世界。

护士黄文姣,一说儿子就流泪。她接到去武汉的通知后,全家都在帮着收拾东西,做准备。小儿子黄豆满屋乱跑,显得很兴奋。后来,他把妈妈叫到自己的小房间,把他画的一张护身符送给了妈妈。黄文姣在武汉日夜忙碌,"护身符"一直放在身上。

ECMO专家赖巍,掌握着与死神最后一搏的"尖端武器",约了好多次,终于答应"跟我们聊聊"。我觉得他是那种挺高傲的人,其实他的内心是一盆火!

我问他为何来武汉时,他的回答斩钉截铁:"我作为一个ECMO的专门人才,上第一线义不容辞。我不上,谁上?"

采访他的那天,是2月29日,这个日子,四年才有一次。我提了个刁钻的问题:"四年后的今天,你会在哪里?"

赖巍想了想,说:"四年之后,我就在这座鑫阿丹酒店。我跟我的爱人一起,带上我的娃娃,入住这家酒店,还是这个房间。我要给他们讲,抗疫与保卫大武汉的故事。"

王瑞和她的先生,先后来到武汉。她口齿伶俐,语音柔和,绝对是那种很自立、外柔内刚的女性。

我问她："为什么来武汉？"

她反问我："我不来，谁来？"

我又问："老公为什么来呢？"

她微微撇嘴："他要来，就来呗。"

我看，提什么问题都难不住她，有点急。我挺坏的，便直戳心窝："想过没有，万一孩子没妈没爸怎么办？"

她说："我从来没想过最坏的结果。人，在下决心时，不要考虑太多。考虑多了，就下不了决心。"

她说出了我的心里话。来武汉之前，我还可以有其他的选择。如果考虑过多，就成不了事啦。

后来，王瑞上了四川电视台一档《妈妈有话说》的节目，她居然提到了我，属于她"想感谢的人"。她充分肯定了我的工作："我们抢救危重病人的全过程，是摄影师们冒着危险记录下来的。"

王瑞的话，深究下去，就是我的大"野心"！

我的镜头，盯着一位老人拍了一天一夜，最后他还是走了；又盯着另一位老人。我认为，摄影师的阅历丰不丰富，与年龄无关。这次抗疫，我能沉下去，深入到白衣天使内心去做记录，我心里想的是，不光是为这次抗疫做出好的专题片，更要给几十年、上百年后的后人，留下最真实、最珍贵的影像资料。

我很庆幸，看到了华西医疗队每个人最真实的一面。

比如，有的患者，病情好转得实在太慢，康主任查过房之后，心情非常沉重，又不能在部下面前流露出悲观情绪。走在廊道中，他不禁摇头自嘲："日子难过，也得过啊！"

还有徐原宁教授的较真、张凌教授的耐心，还有田永明总护士长老黄牛一般的勤恳，还有大帅哥王宇皓，电子游戏《魔兽世界》中的高手，性格非常开朗——这个团队，形形色色，如此团结，真是"绝配"！

我们跟医生也有过争执。为了拍好给安基娜上ECMO的细节，我们给护士郑可欣的头上安放了微型摄像头，基鹏医生担心这样会影响工作，坚决反对。我们有过争执，最后，还是按我的主意办，收集到很珍贵的资料。我还跟其他医护人员有过小摩擦，但从未影响到团结，反而是越"吵"还越亲热。

说到"基妈妈"——是基鹏自己在防护服上写下这三个字的。她在华西，是儿童ICU的医生，孩子们都这样叫她。工作性质决定了她的单纯。她说，在武汉没有医患矛盾，加上生活上大小事一点都不用自己操心，当了一把"纯粹的医生"，感觉非常好。"基妈妈"的理想是，改变儿童ICU的封闭状态，把儿童ICU办成开放式的，爸爸妈妈可以陪伴，可以让孩子喜欢的小型演出进病房。哪怕是患绝症的孩子，哪怕最终医治无效，也要让他们在离开这个世界时不是愁苦的而是开心的。

我们也穿上二层防护服，体验了一把，也就三个小时多一点吧。当时只觉得憋闷、难受。等脱掉防护服，消了毒，洗了澡，我们完全瘫了，跟面条似的，大脑一片空白。从那时起，我更加佩服穿着防护服，一干就是七八个小时的医生和护士。徐原宁教授穿着防护服，干了12个小时，困得坐在椅子上就睡着了。片子里，就这一个无声的画面，胜过好多煽情的语言。

40多天，越陷越深。抢救安基娜成功，最后安基娜告别华西的医护人员，我给他们每个人拍了一段视频，个个泪崩，哭得稀里哗啦。我没法保持一个摄影师的冷静与客观，因为我跟大家的情感融合在一起了！

4月7日，华西医疗队告别武汉，我跟拍"告别"一幕，手一直在抖，抖得握不住机器。我最后拥抱"基妈妈"时，竟然哭得像个孩子。事后一想，我是不是成了从儿童ICU"毕业"的孩子？

医生全凭"泡临床"积累了宝贵经验，才能治好病人；我全凭"泡生活"拍到了最自然最鲜活的原汁原味的生活。40多天的积累，浓缩成40分钟的精品。为什么我坚信《中国医生》战疫版会获得成功，因为片中贯穿了人性，这是最值得我们讴歌的永恒的主题。

武汉加油（绘者：冯爱琳，11岁）

告别武汉时，高博送我到火车站。家在武汉的高博紧抱着我说："咱俩算是过了命的兄弟了！这一回，我们不光是拍了好片子，还收获了一辈子都难得到的精神财富。"

火车缓缓启动的那一刻，巨大的"武汉"二字，变得模糊，变成一片朦胧的红晕。我回顾往事，曾因与同学、朋友、家人的种种不愉快留下的大大小小的"心结"，相比我在武汉见证的生生死死，那算什么呀？什么都不是！

我的心豁然开朗，什么样的"心结"全都化解掉了。

武汉，改变了我，也在一定程度上成就了我，是因为与华西医疗队在一起。他们——是我生命中的一束光！

第二十七章

国际救援,大国的底气与担当

人类，总是在灾难中觉醒，总在想方设法避祸减灾。可以说，人类历史贯穿着一部救灾史。

2010年1月13日，海地发生里氏7.0级大地震，22.25万人罹难。世界各国共派出67支救援队1918名救援人员前去救援，同时，还有数不清的志愿者组成的救援队一拥而上。由于各救援队医疗水平参差不齐，队伍之间协调相当差，可以说是相当混乱。灾后，联合国和世界卫生组织官员在海地调查，全惊呆了！且不说救灾中出的乱子，地震受伤人员的截肢率高得太离谱！

大地震后人为的"次生灾害"触目惊心。官员们猛然省悟：救援，需要建立标准，由专业队伍执行。决不允许非专业队伍参与救援，而专业队伍也得按一定的标准救治。

2013年，"海燕"台风横扫菲律宾，造成大灾害。世界卫生组织坚持按标准选医疗队，按标准救治，使国际救援的成效大为提高。2015年，世界卫生组织发表了蓝皮书，向世界宣告了国际救援标准，并通知各国，如何按标准组建国际应急医疗队（EMT）。

世界卫生组织关于建立国际应急医疗队的设想，不仅得到中国的有力支持，也与中国打造医疗救援"国家队"的计划契合。2018年5月25日，在日内瓦的世界卫生组织总部，一面EMT的旗帜，授予了四川大学华西医院牵头筹建的中国国际应急医疗队（四川），它是全世界第二支通过世界卫生组织认证的最高级别的国际应急医疗队。

晏会，现任中国国际应急医疗队（四川）副队长兼联络官，是一位身材高大、笑容可掬的医学博士。2月7日，他以华西医院应急办副主任的身份，加入第三批援鄂医疗队，不仅帮助队长康焰协调与上级卫健委、本省兄弟单位等方方面面的关系，还密切关注国际应急医疗队队员的工作、健康状态。此次抗疫，他收获良多。

与他的谈话，从华西建立国际应急医疗队说起——

其实，华西的应急医疗，开始得早，且从未中断过——从2003年的非典疫情到2008年的汶川地震，再到2010年的玉树地震、2013年的芦山地震、2018年的九寨沟地震等，还有2019年的卧龙泥石流、宜宾煤矿透水事故，中国西部一发生自然灾害、矿难，包括邻国尼泊尔2015年发生的地震，华西医疗队都紧急出动。

如果时间往前推，华西医院的前身，是1892年加拿大医生启尔德创办的福音医院。小医院不断发展，成为华西协合大学附属医院，曾应对过天花、霍乱、痢疾等流行病。20世纪二三十年代，四川军阀为了争夺地盘，在成都打得热闹。启尔德的儿子启真道率领的医疗队，在枪林弹雨中抢救伤员，一时传为佳话。到了抗战时期，华西齐鲁联合医院，抢救被日寇飞机轰炸受伤的军民。新中国成立后，华西医学院和附属医院组织专家队伍，投入对血吸虫病的防治，成效卓著。100多年来，华西医院被四川人民视为"镇川之宝"，口碑极佳。

2018年，医院进行了资源整合，正好国家有个卫生应急移动中心项目选中了华西。按国家卫健委指示，中国国家队项目与国际应急医疗队建设完全契合。世界卫生组织清醒地认识到，应对全球在发展过程中面临的各类突发事件——多发、频发，而且关联性、偶然性事件不断增强，危害和影响不断加大——为确保国际医学救援服务质量，除了建立标准，认证质量保证系统，还必须建立标准化的国际医学救援团队。目前，世界卫生组织认可的国际应急医疗队共有27支，中国有5支。其中，华西属于最高级别的国际应急医疗队。

这种最高级别的国际应急医疗队，全世界仅有2支，另一支是世界闻名的以色列国防军应急医疗队，他们在救助尼泊尔地震灾民时表现出的迅速、高效和专业，令世界折服。华西与他们不同的是一个属于军方，一个属于非军方。

通过世界卫生组织认证的国际应急医疗队必须严格遵守《世界医学会医学伦理手册》对伦理的要求，并根据受灾国突发灾难种类提供基于需求的响应，平等、公平地为全球不同种族、性别、民族、宗教、地域的受灾人群，特别是弱势群体（妇女儿童与贫民），提供必要的应急医疗服务和人道主义救援。

我们华西的国际应急医疗队，由166名医生护士组成，后备队按3∶1的比例配置，共计664人，年龄均在45岁以下，是医院最年轻的一批精兵强将。更让我感到自豪的是，我们拥有由95顶帐篷组成的野战医院，水电气俱全，并配备了现代化医疗设备及卫星电话，摆开了，占地上万平方米。它可以在没有外援的情况下，独立工作30天。

我作为华西国际应急医疗队副队长兼联络官，参加了世界卫生组织在亚美尼亚、菲律宾、俄罗斯、泰国举行的多国国际应急医疗队协同演练，与国外同行们配合默契。同时，对国际应急医疗的实际状况，有了切身体验和感性认识。

这次抗疫，我们众多的国际应急医疗队队员奔赴武汉，分别在各自的岗位上做出了突出的成绩。华西医院派出的医疗队，克服了最初的物资短缺、人手紧张等困难，仍然坚持"三级查房""多学科会诊"等传统做法，让武汉患者得到与成都同质的医疗服务。有关这方面的故事，我就不多说了。说说自己参加武汉抗疫的体会吧。

我知道自己迟早要奔赴武汉，大年初一便把家人安排回老家过春节。2月6日晚上11点接到通知，7日就要出发。我独自在家，看到李文亮医生去世的消息，感觉很沉重，便把随身戴的玉佩、各种卡留下，给爱人写了一封信，放在桌子上。为了不给家人散布紧张情绪，我平静地离开了家。我想，从本职工作来说，我多次参加医疗急救，应当沉着应对新的使命。在八教学楼的送别与宣誓活动，对我有很大触动。上车后，收到爱人发来的视频，我那3岁的儿子对我说："爸爸，我要做110只口罩，保护你和你的同学！"看到儿子，我喉头一阵热辣辣，眼泪悄无声息地流了下来。

现代化的野战医院

在武汉的日子，我感到很有底气。2月14日情人节之后，全国各地的4万多名医护人员会师武汉，全国医院呼吸机总量是150台，运到武汉的就有120台！疫情的势头开始大幅度减弱。我想，这几年地壳的折腾，让人类吃了不少苦头，如今又是新冠肺炎。我感到，灾难医学，将成为新热门学科，而华西的国际应急救援的实践，将为华西的灾难医学铺平起飞的跑道。

早在2015年，我们在四川大学江安校区铺开野战医院时，就被外国卫星盯上了。一位朋友给我发来了微信并告知：这是从谷歌上下载的，一细看，就是你们的野战医院照片。

哈哈，有了谷歌的免费"宣传"，真是太好了。

在武汉，我常想起那一幕：2019年12月，华西的国际应急救援进入全面的"实战"演习，一架波音747飞机载着40吨物资——那是折叠包装好的一座"医院"，以及166名医护人员从成都起飞，飞机落地几个小时后，一座现代化的野战医院拔地而起。

走进一片白色的帐篷中，看到CT室、ICU病房、内科、外科、手术室一应俱全，医生护士们各就各位，一座克隆的华西医院从天而降，真有点走进科幻大片现场的感觉。

应对更大的疫情、更大的灾难，我们早有准备。这就是一个大国的底气与担当。

第二十八章

寄自白求恩故乡

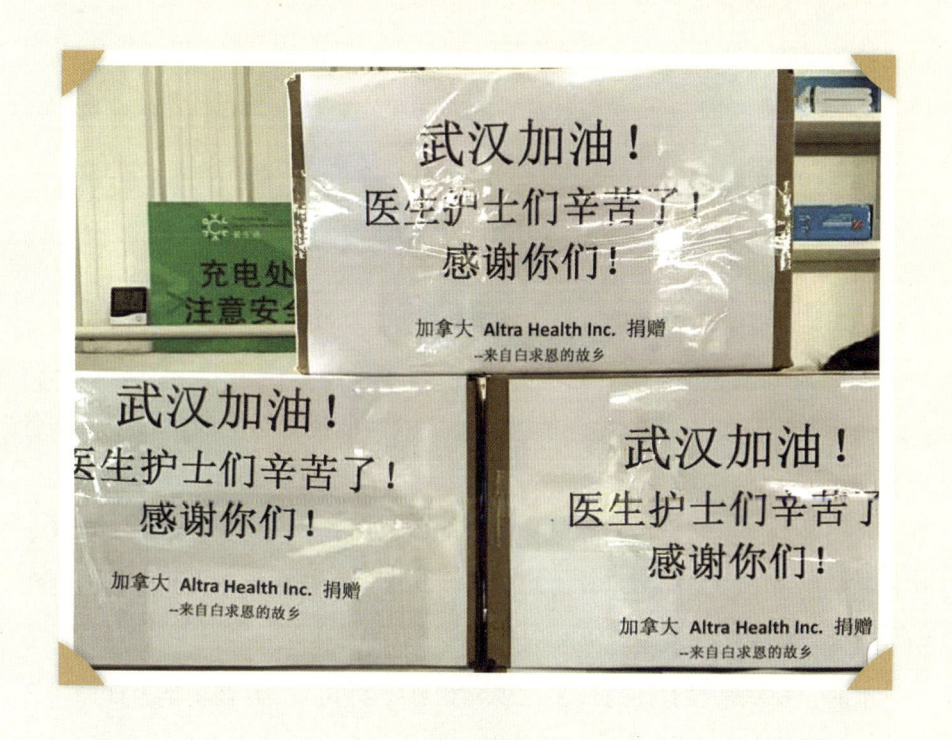

2020年春节,家中电话不断。加拿大、美国的华西校友刘军、李峻、黄娟、伍波等,除了节日的问候,最关心的是我们华西派出的医疗队还缺什么。他们都在问:"我们能帮上什么忙?"

现居加拿大多伦多的孙静,是华西校友会理事长,也是公益活动的积极参与者。她向我讲述的是华西校友如何关注疫情,为武汉加油,为中国加油的故事——

2020年的春节,注定是我一生难忘的日子。

多伦多寒风凛冽,漫天飞雪。坐落在多伦多大学草坪上的白求恩塑像,头上积了一层厚厚的雪,远远看去,以为他戴着医生的白帽子,准备出诊呢。

我向着白求恩塑像投以注目礼,穿过积雪的小路,来到教学楼。在教学楼长长的廊道上,迎面走过许多脚步匆匆的华人。此刻,盛大的募捐活动在白求恩的母校多伦多大学热火朝天地进行着。

平时,我从来没有注意过多伦多究竟有好多华人、有好多华人社团、有好多人积极参与公益活动,只感觉华人很多很多,活动也不少。还有个116

大雪中的白求恩塑像

名中国高校学子参加的中国高校校友会，每年有很多活动，比如春节联欢会、体育比赛、讲座、交友等。校友会之间每年还有多场活动。

1月23日，警报响起，武汉封城，信息网瞬间铺开——彼此不光说武汉如何，还说："祖国遭难了！我们的同胞遭难了！老家的父老乡亲危险了！我们的家人危险了！"

华人像听到了集结号，一夜之间"团结如钢"！在多伦多大学的各华人社团，以及华西校友会纷纷行动起来了。

这几天，风像锥子扎，雪在横着飞，气温降至接近零下20℃。最冷的天气，华人心头像揣了一盆火，不觉得冷，四面"出击"，搜寻口罩和一些医疗用品。拼命赶在国际航班停飞之前，把捐赠物资送出去。

大年初一，四川大学华西医院派出第一批援鄂医疗队。

临行前，他们在华西临床医学院百年老建筑前宣誓，让多伦多的华西校友看着直淌泪水。我和几位校友紧急商议之后决定募捐，才三天，就募集到了4929.53加元的捐款。

接着不断收到信息：十万火急！忧心如焚！

武汉前方急需口罩、护目镜等。幸好，我有在多伦多大学工作的经历，从多伦多大学医学院购得一批口罩，加上在加拿大开业行医的校友牟琳暂借出的2500只口罩以及李峻、卢勇各捐赠的500只口罩，一共备齐了5000只口罩，另外还有121副护目镜。

货物到手，运至成都，却一波三折。

好不容易联系好了海南航空公司，答应免费运货到北京。但是，海航运输总部没有批准，因为海航总部只能在北京找人清关取货，不能帮我们运货到成都清关。情急之下，又联系四川航空公司，川航表示愿意免费运送，在成都清关，方便华西领取。但是，川航的航班要从温哥华起飞。这样，又出现了问题，货必须从多伦多发至温哥华。

我跟牟琳、谢敏等校友会理事频频打电话磋商。

寒风的呼啸声中，是白天黑夜响个不断的电话铃声。经商量，最终决定交货给UPS快递公司。货到温哥华之后，由温哥华的校友接力送到四川航空运输部。

从募集捐款到采购物资，直到发货，春节的几天，我的车一直在风雪中飞驰。

到了UPS，寄货的人很多，特别是小量寄货到中国的更多！看看那排着长队给祖国寄货的人们，真让人感动！

生活在加拿大的中国人，为了帮助祖国战胜疫情，真是万众一心、众志成城！UPS快递公司的工作人员提醒我，把七个小纸箱换成三个大纸箱，可以节省运费。结果，换包装加上排队，最终将货物寄出，花了两个多小时！

终于舒了一口气，在群里报喜："货已寄出啦！"校友问我："吃饭没有？"我才想起：午饭、晚饭都没吃，这时才觉得好饿哟。

2月9日，接到华西医院来电：货已收到，非常感谢！

孙静正在填写运货单

顿时，一股暖流在我胸中流淌。那漫天飘舞的雪花，也变得温暖可爱了。

当时，我在路上，一瞥手机，见校友发来的视频，是北京外国语大学教授、中华人民共和国"友谊勋章"获得者、104岁的伊莎白在呼喊："武汉加油！中国加油！"生于成都、长于华西坝的伊莎白，是华西协合大学教育学院教授饶和美的大女儿。这位"用一生来爱中国"的老奶奶，每天宅在北外简朴的家中看电视，从早到晚都在关注着疫情。我立刻把她的视频转发给北美的华西校友。

接着，有朋友转给我黄玛丽发来的邮件。黄玛丽是华西协合大学的创办者之一启尔德的外孙女，是我们华西学子的老朋友。在电子邮件中，她对故乡成都的朋友致以最亲切的问候；同时，对医疗队援助武汉甚感欣慰。

从多伦多运往祖国的爱心物资源源不断。

华西校友李继尧的儿子陈悦，在加拿大创办了一家制药公司，陈悦发现，武汉的医护人员戴口罩时间太长、洗手太频繁，出现了"口罩脸"和"湿疹手"，他们研发的新产品湿疹膏刚好能解决这个问题。经过一番周折，国内代理商终于将陈悦捐赠的五箱湿疹膏送往武汉一家医院。据说，试用效果非常好！

在网上，可以看到药箱的照片，五个箱子上，寄件人位置全都写上了一行字：

来自白求恩的故乡。

【附】积极参与捐款捐物的加拿大华西校友会校友有：孙静、刘军、牟琳、余万俊、宋建宏、林凡、刘玲、刘光英、王光建、郝爱华、万卉、黎红/李静、李光明、周谦、龚南陵、冯喆、叶婷婷、雷亚超、张艳玲、刘崇恩、卢燕、吴海英、储莉、李峻、白薇、王靖、魏伟、管利民、任秋霞、李青、张维本、卢勇/孙荣艳、倪祖尧/曾莉、李伊宁、卓锦明、李彪/游永红、赵清华、雷刚/曹谢敏、黄挽力、沈建华、王纲、骆中诚/肖琳、谢敏、马庆、李孝权、金亚平、章涛、张丽萍、王小兰、吴小川、胡修颐/吴晓燕等。

第二十九章

南太平洋温暖的浪花

2020年的澳大利亚，真是"祸不单行"，年前发生的丛林大火，在半个澳大利亚熊熊燃烧，空气中弥漫着焦糊味。农历新年到来之前，武汉封城的消息又传到了澳大利亚。救火、抗疫成了澳大利亚华人的两件大事。

在募捐和购买抗疫物资支援母校方面，澳大利亚的华西校友跟世界各地的华西校友一样，竭尽所能。

校友会理事李峥在夸奖募捐活动组织者之一的张萍时说："硬是把我们的张萍大师姐累成了一条狗！"

张萍，华西学子，在华西口腔医学院工作了20年。现居墨尔本，就职于澳大利亚莫纳什大学临床医学中心阿尔弗雷德医院。她的父母均是华西的毕业生。她说："这么多年了，形成了条件反射，只要祖国有灾难，我们都要'跳出来'搞募捐，为国分忧！"

李慧校友，父母及哥哥都毕业于华西，全家都有很深的华西情结。她将相关的短信、照片发给我，护目镜的货箱上贴有她精心设计的熊猫与袋鼠图标，大大加重了捐赠物品的分量！

张俊校友是武汉人，在悉尼开有诊所，比较熟悉医药用品的供销渠道。她个人就捐了700套手术服，发往武汉。华西校友组织募捐活动时，她积极参与，是寻找、落实货源的得力干将。

李峥校友是校友会理事，组织校友们的募捐活动，开车寻货源，与张萍在信息的大海上"捞口罩"，事无巨细，积极承担，折腾再三，毫无怨言。

还有王文、吴惠等校友，早已通过其他组织捐了款，又积极参加华西校友的捐赠活动。

从南半球打来的越洋电话，打了200多分钟！

张萍激情倾吐，李慧娓娓道来，李峥图文齐发，我仿佛看到南太平洋腾起一朵朵浪花，在向着祖国呼喊："武汉加油！""中国加油！"

以下的故事，以张萍的叙述为主线，李慧、李峥提供的材料穿插其间——

2月7日，华西医院第三批援鄂医疗队驰援武汉的视频传到海外，在天河机场"华西，加油！""齐鲁，加油！"的呼喊，震撼了华西学子的心。陈小平教授的学生也在援鄂医疗队之中。她在我们的微信群中发消息说，医疗物资紧缺，急需口罩、防护服！她代表母校华西发出了求助的信号，我们怎能不忧心？

由于今年年初澳大利亚山火肆虐，许多校友都通过各种途径多次参加了募捐活动，经济上已付出很多了。我们既希望校友们多多捐款，又不想加重校友们的经济负担。为此，我联系了我所在的学会——中澳生物医学学会，希望共同组织募捐活动。会长表示，以学会的名义仅为华西医院募捐有些欠妥，他建议去找四川商会。王玲校友向我推荐了四川商会的会长陈焱。

陈焱会长非常热情，她当即表示：华西校友可以用四川商会的名义进行募捐。我们与四川商会达成了共同举办捐赠活动的协议。

李慧起草了一份倡议书，字字句句，擂着战鼓。倡议书中说道："一线战'疫'的医护人员，缺乏足够安全的防护装备，时时处于危险之中。我们这群澳大利亚华西人，虽然不能亲赴前线，但是能在大洋彼岸助战！我们心系祖国，情牵华西，我们有大爱和情怀！"

四川商会的倡议书中的数据直戳心窝："2月14日，国家卫健委通告，随着疫情形势的变化，新冠肺炎确诊的病例在不断增加，1716名医护人员感染，6人不幸病亡……"

倡议书呼吁："医护人员是此次抗疫成败的关键力量，如果他们倒下了，那么抗疫成果就会功亏一篑，而未来中国的医疗环境会非常黯淡，令人揪心！"

结果，倡议很快得到响应，捐款者纷纷慷慨解囊，很快筹集到购买急用医疗物资的款项。按我们的经验，只公布捐款者姓名，不公布捐款数额——捐款者不会产生压力。这一点，四川商会认为非常好。

我们"首战告捷"，多亏了李慧。她的父母也是老华西毕业生，她的哥哥曾经在华西基础医学院的分子生物学实验室工作多年，后调至深圳市血液中心工作。她通过在深圳的哥哥帮忙联系，代表他们全家两代华西人捐给学校医用防雾护目镜100副。细心的哥哥，还试戴了一下，确定质量达标，才下的单。同时，他还帮助我们用捐款购买了200副。幸运的是这批货在国内，所以基本没有遭遇太多的周折，300副防雾护目镜，在2月22日被安全送达华西医院江安应急库房。

这时，陈会长兴冲冲地告诉我，在网上找到波兰有3000只口罩。只要能够从波兰运往德国，就可以从德国运往华西医院。正在我们想法联系在德国的华西校友时，李峥提出了一个问题：口罩是否符合我院接收标准？她随即向校友会汇报，得到了校友会的大力支持。校友会很快就搭建了一个"澳洲捐赠物资平台"。由校友办的汤老师负责办理院内行政手续，华西医院设备处的屈老师负责审核物资，海外校友会美国总部的张夏及几名校友提供咨询服务。结果，这批波兰口罩不符合华西要求的标准。

不过，从此我们知道了，捐赠给华西医院的物资，一定要达到华西医院的标准。一定要把产地、生产标准、型号规格、出厂日期等，弄得一清二楚。物资处的老师们向我们介绍了N95工业口罩和N95医用口罩的区别，哪种防护服可用于抗疫，等等。这些知识别说普通人弄不懂，连我们也不清楚。我们又向四川商会"科普"了刚刚学到手的相关知识，生怕打击了老乡们的积极性。

"扫货"的过程是很艰辛的！除了克服时差，我们还必须在完成本职工作后进行。疫情紧迫，校友们没日没夜地全球找货。看到货源，下载图片及相关数据，上传物资群审核，得到同意后再试探路径是否畅通……打不完的电话，试不完的链接。校友们努力，再努力！

突然，李峥收到好消息，张俊在一家医院的库房"捡漏"得到了3000只医用口罩。这批货，可能赶上南航悉尼飞往武汉的最后一班飞机。李峥连忙行动，争分夺秒，单枪匹马地完成了所有程序，在最后的时间将这批货交付悉尼机场。同时，由于以个人账号募捐，被怀疑从事非法商业活动，账号突遭银行冻结。情急中，她赶往银行，向银行方面解释清楚，及时获得解冻，使得校友们的捐款顺利打入账号，确保充足的资金购买抗疫物资。

那天，忙完这些事天色已晚。我们纷纷向李峥表示祝贺，终于为祖国尽了一点绵薄之力。但李峥的心却是悬着的，她说要保证我们华西医疗队领到这批口罩是非常不容易的。不敢保证！

一连几天，华西医院都没有收到这3000只口罩。我们的心，又悬吊吊的了。

这时，陈会长传来一条线索：西澳一家医院仓库里，有464套防护服，经屈老师审核，64套可用于红区（危重病人区），400套可用于黄区（重症病人区）。464套防护服，我们全部买下，四川商会还在纸箱上贴上"虽四海为家，但川爱永存"的标识。陈会长当即安排人急送机场，却被李峥拦下。李峥还是担心这批货出现意外，到不了华西医疗队手中。

错过了这次航班，货物又该怎样运输？

之前，我联系过中国大使馆驻墨尔本领事馆，教育处的老师答应我由他们出面协调南航负责运输。此时南航开通了"绿色通道",领事馆的老师传来了所有的信息。我满怀信心地拨通了机场托运公司的电话,可万万没想到的是,他们不接收个人托运,要我必须委托一家具备跨境物流资格的物流公司办理一切业务。这又是一个难题。

接下来的两三天,我四处收集信息,打遍了墨尔本所有华人物流公司的电话,均不敢接货!在我一筹莫展之际,医学会的会长给我推荐了澳邮物流公司。公司的老板是一位马来西亚华人小伙子,他听说我们捐赠的是抗疫物资,毫不犹豫地表示除墨尔本机场仓库检查费外,一切免费运输,并且立即安排。我压根儿也没想到,会有这样的好事发生!为了确认没有被骗,李峥抽空开车去澳邮物流公司悉尼总部考查,确定无误后才放心交付他们。

我本以为可以静待华西接货了,可问题又来了。

第一个问题:澳邮物流公司从未办理过以个人名义通关的事宜。澳大利亚海关需要一个ABN号!这是澳大利亚商业编号,是一个组织用来跟澳大利亚税务局或另外一个组织(比如公司)打交道用的。每个企业都有自己独一无二的ABN。

通过与陈会长沟通后得知,以四川同乡会的名义办理不行。借用任何个人的ABN,也很难。最后我只能请求澳邮公司与澳洲航空公司协商,同意我以个人名义,用个人ID上报。

第二个问题:川航此时已停止海外航班,各驻外办事处都已撤回国内。我们的物资必须中转。此时,有消息传来,说国内抗疫物资奇缺,已出现捐赠物资被截留等现象。为了确保这批物资能顺利送往华西,我托人打听新加坡机场、香港机场及马来西亚吉隆坡机场是否可以免费中转,澳邮物流公司的老板也积极帮忙,最终因费用太高而放弃。多方考量后唯一的途径就是用南航的"绿色通道",经广州入关中转至成都。

担心这批货会被地方政府征用,我们想了个化整为零的办法。心想在华西找20个人接货还是可以的!将464套防护服分发到20个有名有姓的家庭,货到后,再由他们送往华西医院后勤部。但澳邮物流公司的老板不赞成这种方法，他从专业的角度考虑，认为物流途径越多、货物越少，被截留或掉货的概率就越大。为此，我几乎要崩溃了！这464套防护服，承载着澳大利亚的华西学子和四川老乡的大爱与期望！生怕辜负了大家的重托，我彻夜难眠，挖空心思地想办法。

不眠之夜，身为华西外科博士的老公提醒我，试一试成都海关的朋友，虽然他已退休，但也许能帮上忙。我急忙拨通了朋友的电话。虽然久未联系，可他非常热心。一听说这个事，当即表示一定尽力帮忙。第二天，他将成都海关机场科的李科长介绍给我，希望他给予帮助。李科长听说是华西学子捐赠给母校的防护服，大为感动，答应协助通关，并保证这批物资安全抵达成都。

从澳邮物流公司人四川商会指定地点取货，到货物进入澳邮物流公司库房消毒及办理相关手续，再到物资被送往墨尔本机场库房，我全程监控，照片为实，生怕在哪个环节将物资搞丢了！

就这样，在山火未熄、物资奇缺、交通几断的情况下，飞机终于起飞了！2月27日，南航CZ344带着华西校友和四川老乡们的深情厚谊飞离澳大利亚，我提心吊胆地等待着物资顺利抵达成都。

一接到汤老师发出的收货消息，我如释重负，长长地舒了一口气！终于可以安心了。可是等了好几天，汤老师都领不出货，又遇到了麻烦。

我再次与李科长沟通，原来是"绿色通道"恰巧关闭，华西医院必须按规定办理手续。此时华西医院并不知道，仍未报关！我一边敦促屈老师递交报关资料，一边协助汤老师补充相关物品信息，同时请求李科长协调海关内部事务。两天后，464套防护服，终于清关进入华西医院江安应急库房。

澳大利亚的夏令时与中国有3小时的时差，可越洋电话从未间断。我连续两周吃不香、睡不好，当464套防护服入库的照片发到澳大利亚的校友群中时，群里一片欢呼。

有校友说我"好有来头"，怎么可能单枪匹马闯关？

其实，我这个闻着栀子花香和福尔马林味道长大的华西后代，从小就受到华西文化的耳濡目染，对华西有着深入骨髓、融入血脉的眷恋之情！我的"来头"源于一种动力，那就是对华西的热爱，对故乡、对母校的一往情深。每当我遇到困难时，总要想起华西的老师们。李长华、仝月华老师，在教学上严格、细致，让我终身受益。肖卓然老教授经常来培训英语口语，矫正医学专用名词的发音。他的慈眉善目及随口而出的笑话，让学生们倍感亲切，崇敬感油然而生。如今，肖卓然还在华西——他把遗体捐献给了母校，而华西有十几名这样的教授，为医学事业贡献了一生仍嫌不够，还要让遗体继续为医学做出贡献。每每想起他们，我就有使不完的力气。

再说，由李峥发货的3000只口罩，因捐赠的物资太多，未能挤上最后一班悉尼至武汉的飞机，口罩被积压在悉尼机场。后接到通知，李峥去取了回来。此时"绿色通道"关闭，我们已无法将口罩运回国内，这时新冠病毒已蔓延至境外，全球暴发！澳大利亚已岌岌可危，口罩紧缺！大家商量了一下，将3000只口罩一半分给了华西校友，一半分给了四川商会，全派上了用场。

四川商会又找到300套防护服，也不能运回华西了，我们就决定作为支援澳大利亚的抗疫物资，捐给墨尔本的医院。

这次捐赠活动让我感受到了什么是"战争"，体会到了在祖国有难之时，千千万万海外侨胞的爱国热情。网上流传着一句话，我觉得很对。那就是：这次疫情，中国打上半场，海外打下半场，而海外华人打全场！

澳大利亚疫情依然严峻，华西学子们还在继续努力抗疫……

【附】截至2020年2月24日，澳大利亚四川商会捐款12460澳元，华西校友捐款9020澳元，购买了800个防护面屏、300副护目镜、3000只外科医用口罩、464套防护服。捐款人有：韩黔峰、张萍、梁明、曾蓉、刘朝杰、黄琼、吴惠、林涛、刘霞、李兵、杨爱伶、王幼平、王文、陈豫、李晋春、王丹青、徐宁、林杰、张俊、唐文胜、万青、王芳、王玲、樊志瑛、杨珉、樊瑞彤、韩晓莲、郝艳、李峥、黄晓春、马军、李萍、李慧、陈馨瑶、谢川、李林。

第三十章

我荣获了一枚骑士级勋章

采访范红教授时，中国女医师协会正在公示"最美抗疫巾帼人物及集体"入围名单，来自四川大学华西医院的她位列第三。我祝贺她入围"最美抗疫人物"时，忽然冒出了一个怪想法，这位举止优雅、怀才不露的女教授，和我崇拜的北宋文豪范仲淹是不是有关系呢？她说父母辈是从河南、江苏那边入川的，曾回河南老家寻宗认谱。结果呢，她一笑而止："不说这个，好不好？"

说起此次随中国医疗队赴埃塞俄比亚，能与当地医生深入交流，语言上毫无障碍，得益于20世纪80年代在"尖子班"师承杨振华、邓长安、梁荩忠、陈文彬、王曾礼等名教授的全英语教学。她说："邓长安教授专业精深，记忆力也是惊人地好！"

我补充道："邓长安的记忆力之好，我领教过。1982年，他作为血液专家，参加抢救日本登山队队员松田宏也，发挥了重要作用。我采访他时，他顺便说出，1936年10月在上海读中学时，目睹了鲁迅出殡大队伍经过校门。鲁迅棺木上覆盖着绣有'民族魂'三个大字的挽幛。为鲁迅抬棺的有萧军、胡风、巴金、聂绀弩、黄源等青年作家。他说：'只是看了一眼，我就把几个抬棺人和他们的位置记得清清楚楚。'40多年之后，他去外地出差，在软卧车厢遇见了鲁迅的高足唐弢老人，说到鲁迅的抬棺人是谁、站哪个位置，让唐老大吃一惊，直夸他记性太好了。"

范红说："邓长安那一代老教授，不仅知识渊博、学问一流，更有一种淡泊名利的高雅气质，值得我们一生好好学习。"

接着，范红开始讲她的故事——

4月16日清晨，我作为中国医疗队12名成员之一，乘专机从成都飞向遥远的东非，前往埃塞俄比亚联邦民主共和国。

飞行中，北回归线以南的强烈阳光，在机翼上散射出令人目眩的银白。这仿佛预告着，我们此行的目的地，气候是何等炎热，如何让人难以适应。

临行前，四川省政府和省卫健委领导指出，非洲是发展中国家集中的大洲，也是公共卫生体系最薄弱的区域，在中国抗疫取得重要阶段性成果而世界一些地区疫情失控的状况下，为发挥大国的作用，帮助非洲兄弟抗疫，中国政府决定派遣由国家卫健委组建、四川省卫健委选派的专家团队，援助埃塞俄比亚。本次援助埃塞俄比亚的专家共计12人，分别是曾勇、周兴余、宗志勇、蒋艳、金晓东、李念、梁鹏、雷高鹏、李素萍、熊洪、金伟和我，其中7人来自四川大学华西医院，5人分别来自四川省疾控中心、四川省人民医院、西南医科大学附属医院和成都中医药大学附属医院，专业领域涵盖呼吸、重症、普外、流行病、感染病、检验以及中西医结合等，这是应对疫情的医疗队"标配"。

飞行在万米高空，心里很踏实，因为我对我们团队充满信心。

领队曾勇教授，是华西医院副院长。国内抗击新冠肺炎期间，他曾全程参与发热病人管理、发热门诊改造、新冠肺炎患者救治等工作，我多次跟他一起在隔离病房查房会诊。而此行，由上级点名派出院级领导当领队，更凸显出"责任重大"。

宗志勇，华西医院医院感染管理部部长，被誉为华西医院的"守门人"。他几乎参与了医院所有关于新冠肺炎文件的制定，牵头建立的三级预检分诊体系更是成为四川省抗击新冠肺炎的标准化体系。整个华西医院的防控工作井然有序，没有一名医护人员被感染，"守门人"功不可没。

队伍中，还有我熟悉的华西医院护理部主任蒋艳、重症医学科副主任金晓东、麻醉师梁鹏等，都是经验丰富、身怀绝技的专家。因曾勇队长组队点名，我作为呼吸与危重症专家入列。

我心中一直暗暗祈祷，我的心脏千万要支持我的工作啊。因为，此前我得了一次重感冒，心律不齐，心动过缓，不时乱跳。心脏专家说最好安置起搏器，把我吓了一跳。我说："回来再说，明天出发。"

人生有两种机会是不能错过的，一是学习的机会，二是学有所用，即奉献的机会。说起前一个机会，我在华西读本科时，有幸在邓长安、杨振华等名教授门下，接受全英语的专业教学，又连续五年获得全额奖学金，在日本国立癌症研究所暨金泽大学读博和从事基础医学研究近五年。不断地学习，不仅使我在专业方面打下扎实基础，也让我具备了流畅地进行国际学术交流的能力。现在，学以致用的机会来了，我不能错过。

经过13个小时的航程，专机抵达埃塞俄比亚的首都亚的斯亚贝巴。

拥有一亿人口的埃塞俄比亚，高原占全国面积的三分之二，平均海拔近3000米，素有"非洲屋脊"之称。埃塞俄比亚的经济以农牧业为主，工业基础薄弱。埃塞俄比亚地处非洲东北角，紧邻阿拉伯国家，可以说是非洲的东大门。亚的斯亚贝巴国际机场，是非洲最繁忙的机场。埃塞俄比亚是非洲联盟成员国之一，非盟总部就设在亚的斯亚贝巴。贫瘠的土地上，能看到两栋颇为气派的建筑物，一座是非盟总部，另一座是非洲疾病控制中心，都是中国无偿援建的。它们已经成为亚的斯亚贝巴的标志性建筑。

前不久，4月8日，埃塞俄比亚总理办公室宣布，受新冠肺炎疫情影响，埃塞俄比亚进入紧急状态。顿时，整个非洲紧张了起来。8天之后，我们中国医疗队来了！

但是，从机场到市区，与我想象中的"紧急状态"相去甚远。因为街道

中国赴埃塞俄比亚抗疫医疗专家组

上少有戴口罩的行人,商场、饭店和娱乐场所仍然是人来人往,熙熙攘攘。后来我才知道,在这个国家,打工者是干一天得一天的工资,若是全面停工,就会有很多个家庭全家挨饿,出现比疫情蔓延更糟糕的情况。埃塞俄比亚的国情,确实跟中国很不一样。

海拔3000米的高度,让我们团队的个别专家出现了高山反应。

我们主动隔离在远离市区的地方,入住一家中资机构招待所。且不说住宿条件如何,最感到不习惯的是缺水。没有自来水,只有大水箱供水,不能饮用。想一想,白天身穿防护服在医院走动,出汗多了,浑身如"盐焗",很是难受。打开水龙头,细细的一股水,怎么洗头洗澡?这才让你懂得了——这就是非洲,而且是东非。后来,我们一人得到一只塑料盆用于接水,解决了洗头冲澡问题。

12名专家,要在有限的时间内并在物资短缺的情况下,为整个国家的抗疫出好主意，贡献适用的好经验，预防和控制疫情播散，远比到医院救下几个危重病人更为重要。所以，在15天里，我们频繁与卫生官员和医院交流，大小交流会开了21次。

重头戏是在非盟总部，我们专家组与非洲疾控中心主任的工作班子，就患者追踪、隔离点设置、社区管理、信息技术在新冠肺炎疫情中的应用、医院预检分诊经验、互联网医院在疫情中的应用等多个问题进行了深度交流。

接着，应埃塞俄比亚政府防疫政策要求，专家组利用远程平台与世界卫生组织驻埃塞俄比亚官员进行视频交流，回答了相关问题，还就公共卫生防疫策略、病例调查方法、密切接触者追踪方案、不同类型患者诊疗及管理方案进行了热烈的讨论。世界卫生组织驻埃塞俄比亚官员对中国专家的专业素养表示惊叹和高度赞赏。

在埃塞俄比亚，除了一家中资的爱菲医院，其他医院缺少基础设施，缺少设备仪器，缺少医务人才，尤其是缺少呼吸道感染专家。我们深知，把"中国经验"照搬过来是行不通的。比如，口罩问题，连医护人员的口罩都不能满足，一般百姓更不可能天天戴上干净口罩。我们就建议，可以用围巾围住口和鼻，有简单的防护，总比毫无防护好。又比如，一些药物的使用，当地医生根据当地人的体质和用药习惯，跟我们的意见不同，通过沟通与交流，我们在理解的基础上给予恰当的改进建议。

因疫情原因，埃塞俄比亚政府关停了所有的学校，并将亚的斯亚贝巴大学的几个校区征用为检疫中心和隔离中心，用以隔离疑似患者、密切接触者。我们发现，埃塞俄比亚流行病卫生防御与控制中心设计的疫情防控方案在落实上存在较多问题，没有一件件地锤实、督办、检查。隔离中心的人力资源也没有充分利用，医护人员数量远大于收治患者。再一问，说是缺乏足够的防护和消毒物资。

处于热带气候环境，对传播疾病的虫媒，比如对带细菌和病毒的蚊子，有防范意识，而对危害更大的空气传播的呼吸道疾病，普遍认识不足。我们先后9次，共培训了755人，从防护服的穿戴，一直到个人防护消毒的要点，都进行了现场示范和指导。

在急诊室，假如送来一位疑似新冠肺炎患者，应当从哪儿进从哪儿出，如何接诊、隔离、检查，均不能走"寻常老路"。

我们在爱菲医院、提露内丝－北京医院、Eka Kotebe医院等新冠肺炎患者定点收治医院，与各医院医护团队一起，模拟新冠肺炎患者从急诊室就诊到入住重症监护病房，做"全流程示范"。对于重要环节和事项，比如进入医院前设立分诊检疫区、高风险患者的接诊、核酸检测的注意事项、影像学检测的指征和价值、居家隔离和住院隔离的指征、ICU的入住指征、呼吸机的使用、激素的使用、传统草药应用于新冠肺炎防治等，一一细心诠释。我们将中国医生抗疫以来，用心血与生命换来的宝贵经验，毫无保留地奉献给非洲兄弟。

我们每到一家医院，都会向该院提供书面的整改意见和建议。为了督促相关医院整改落实，专家组通过大使馆向埃塞俄比亚卫生部提出了相关建议，了解相关建议的落实情况。埃塞俄比亚卫生部两次请专家组通过远程平台同各州定点医院进行交流，分享中国抗疫经验和方案，埃塞俄比亚卫生部、各州医院、州卫生部相关人员均出席并认真聆听了专家组的讲解和建议。

为了增强交流效果，每天傍晚回到住地，我们都要开总结会。会后，大家又忙着准备第二天要用的中英文课件，经常忙到后半夜，没睡一会儿，凌晨3点，清真寺播放的诵经声又响起了……

遵从埃塞俄比亚民众的宗教信仰，我们也需要禁饮禁食，直到太阳落山。

埃塞俄比亚是中国全面战略合作伙伴，有200余家中资机构。疫情暴发后近三月，仍有3万多华人华侨滞留。由于埃塞俄比亚公共卫生基础设施落后，医疗条件差，当地华人华侨对于疫情普遍存在焦虑和恐慌情绪。专家组抵达后，制作并播放了新冠肺炎公众防护知识科普幻灯片，并结合当地实际情况为在埃同胞解惑答疑。华人华侨们夸奖说："你们来得太及时了，通过科普宣讲，真正起到了稳定军心的效果。"

埃塞俄比亚总理对于我们医疗队所做的工作，给予了很高的评价，还专门写信给习近平主席，代表埃塞俄比亚人民表示诚挚的谢意。

现在看来，我们赶在一个关键时刻，阻断了疫情在埃塞俄比亚的蔓延。之后，中国将继续派出专家团队开展工作，加之华人创办的私立爱菲医院很给力，所以，埃塞俄比亚在非洲起到了"稳定之锚"的作用。

9月5日，著名学者、亚的斯亚贝巴大学教授科斯坦蒂诺斯对记者说："中国政府（派医疗队）和中国企业的参与，为非洲抗疫提供了重要的动力。至今，埃塞俄比亚死于新冠肺炎的人数不到1000人，比美国每天死的人数还要少——中国派出了医疗队，这可能是非洲疫情严重程度低于美国的原因。"

15天的援埃任务结束后，我们一天也未能休息，便飞向扼守红海咽喉的吉布提。因为吉布提与索马里紧邻，附近海盗横行，就在我们出发的前一天，又发生了一起空难，让我们紧张了一阵子。

吉布提与中国一直非常友好，有中国海军巡航亚丁湾的停泊港口，我国在那里建有保障基地。

吉布提真是红海的火炉，白天都在高温中烘烤。

我们已经习惯了每天凌晨3点听到诵经之声，习惯了太阳落山之前禁饮禁食，多数专家生物钟出现紊乱，全靠安眠药调节。又是15天紧张的工作，我们圆满完成了预期的交流计划，毫无保留地向吉布提提供了阻击新冠肺炎疫情蔓延的经验，共同为非洲兄弟的健康再筑起一道屏障。

让我们惊喜的是，5月10日，吉布提总理卡米勒在人民宫举行授勋仪式，授予中国赴吉布提抗疫医疗专家组领队、四川大学华西医院副院长曾勇教授"军官级独立日勋章"，授予其他11名队员"骑士级独立日勋章"。无论是从勋章数量上还是礼仪规模上，在吉布提历史上均属首次。

平安回来了，30天的东非之行，同行的战友，一个个头发花白了许多，我也变得又黑又瘦，竟然掉了平时想减却怎么也减不掉的8斤肉！

我为这次艰险的非洲抗疫之行自豪，为荣获这枚国家骑士级勋章自豪——勋章属于我，属于养育我的母校华西医院，属于我亲爱的祖国。

第三十一章

意大利人伸出了大拇指

3月的春风，终于吹拂荆楚大地。在来自全国各地的4万多名驰援医护人员的鼎力相助下，疫情得到极大的缓解。但与之相反的是，欧洲不断传来坏消息：意大利告急！西班牙告急！英国告急！

3月11日，应意大利红十字会邀请，中国红十字会副会长孙硕鹏率领中国医疗队紧急驰援意大利。9人的医疗队中，来自四川大学华西医院的有呼吸科主任梁宗安教授、儿科护理学教研室副主任唐梦琳教授，他们在接到任务18小时后，从上海出境，飞向罗马。

梁宗安今年58岁，国字脸，戴一副薄薄的近视眼镜，十分儒雅。这位中国著名呼吸与重症医学专家，创办了国内第一个呼吸治疗专业，十多年来为国内医疗界培养呼吸治疗师百余人，参与众多国家重大科技专项传染病示范区项目等科研课题。他经常应邀上电视直播，井井有条地向观众科普相关知识。成千上万的观众，已经熟悉了梁教授的笑容。

唐梦琳戴着大口罩，一双美目，一头秀发，晃眼一看以为是个小护士。实际上，她从医27年，是华西护理"尖子中的尖子"，教授级主任护理师。华西的第一例肺移植、第一例心脏移植、100例小儿肝移植、胸腹连体婴儿分离，这些风险极高的大手术后的患者，由她全面安排负责护理，她过硬的技术是在一场场硬仗中积累下来的。她对记者说道："一接到赴意大利的任务，神经就绷紧了。"

远在英国留学的女儿写了一首诗，鼓励妈妈："军号吹响整戎装，赴汤蹈火上战场。舍生忘死剿毒王，有情有爱有担当！"

小雨敲打舷窗，像是在诉说着什么。从上海起飞时，天空灰暗如铁，唐梦琳开始在心中酝酿写日记。

下面是根据唐梦琳的日记并结合采访录音，整理的有关中国医疗队赴意大利抗疫的故事——

东方航空公司的A350空中客车，载着9名医疗队队员和31吨医用物资起飞了。31吨物资，包括意大利紧缺的N95口罩、防护服、面罩及相关医疗器械。在大包装箱上，印有意大利歌剧《图兰朵》的两句歌词和曲谱，真是寓意深长：

消失吧，黑夜！
黎明时，我们将获胜！

热爱音乐的意大利人，得到这样的赠品，还未拆包装，就会感受到满满的中国情意。

相信很多中国人会记得，2008年汶川地震发生后，意大利医疗队14名医生在绵阳抢救中国伤员的情景。这次，当意大利向世界发出求助信息后，中国医疗队最先赶来支援。

我这次被选中参加以国家名义派出的医疗队，去意大利这样一个现代医学的重要发祥地且文化底蕴深厚、经济与科技水平很高的国家，心中就有点忐忑。

幸运的是有梁宗安教授，作为呼吸医学权威，有他坐镇，我心里踏实了。多年来，他做医疗，我做护理，配合默契。关键时刻，他的镇定从容、真知灼见，令人信服。此次抗疫，他是四川省政府不可或缺的顾问、指导各地医院的专家，又是华西派往成都市公共卫生临床医疗中心的专家组领队，从过年之前就开始，没日没夜地忙碌着。

成都市公共卫生临床医疗中心，是成都市收治新冠肺炎患者的定点医院。梁主任的助手余荷说："主任连续工作几十天，从未休息过一天。一天夜里9点过了，他刚走，我查房，查到一位80多岁的重症老人时，老人的心脏突然停跳。医院上下立即实施抢救，同时马上通知了梁主任。梁主任火速赶到，一直忙到凌晨3点过，从阎王爷的手中把这位80多岁的老人硬抢了回来。经大家的劝说，主任刚刚表示同意休整两天，又接到了去意大利的通知，马上踏上了新的征途。"

我想，国家卫健委派梁主任这样的专家赴意大利，是经过深思熟虑的。因为，意大利疫情十分严重，仅次于2月初的武汉，必须尽快"亮剑"！

还是在2月21日，发着高烧的38岁的马埃斯特里先生，被诊断为欧洲"一号病人"。当时，整个欧洲确诊病人也只有20例，短短三周之后，翻了1000多倍，达到了24742例。3月9日，意大利政府下令"封国"。我们到达后的第三天，也就是3月15日，意大利官方宣布单日增加的确诊病人达到了3497例。说这是爆炸的速度，一点也不夸张。

我们到达罗马后，就紧锣密鼓地去意大利传染病医院、红十字会仓储中心（意大利的方舱医院）做深入的交流。我们又前往罗马大学医院，了解意大利目前的公共卫生政策体系、疫情指挥体系和分层诊治措施。梁主任向意方详细介绍了我国《新型冠状病毒肺炎诊疗方案（试行第七版）》，并针对双方感兴趣的问题进一步交流了意见。座谈会后，意方工作人员明确表示接纳我们的建议，会着手改造传染病房的三级防护设置，提高公众和医护人员的防控意识。这是一次成功的经验传递过程。

在中国，政府一声令下，封城，一切娱乐活动马上停止，大人娃娃都戴

梁宗安、唐梦琳与意大利医护人员合影

好了口罩，传染途径很快被切断了。而在罗马的大街上，很少见到戴口罩的人。原来，喜欢自由自在的人们，认为只有病人才会主动戴上口罩，没病没痛戴什么口罩。这样的做法，让我们深感不安。

世界旅游热门城市罗马，冷清了很多。那经历了千年风雨的雄伟的古建筑，是全人类珍爱的文化遗产。想到在这座神圣的城市潜伏着邪恶的病毒，更激励我们将征战新冠肺炎疫情的中国经验，尽可能地全面奉献给意大利的同行们，供他们参考。

交流会后，意大利国家传染病研究所的医生们表示，中国医生"带来了最前沿、最一手的抗疫经验"，"从预防、诊断到救治，每一个环节的分享都非常宝贵、有效"。该所附属医院诊疗研究室主任尼古拉·彼得罗希洛说："我们非常需要中方的经验，并已向中方提出了进一步开展科研合作的计划。"

意大利红十字会主席罗卡在新闻发布会上表示："感谢来自中国的专家组。你们是第一批抵达意大利的国际援助者。中国专家组表现出的慷慨，令人感动。"

我们此行另一个重要任务是向侨胞、留学生普及新冠肺炎临床特点、防治方法、治疗手段等科学知识。为了减少聚集，我们使用了线上直播的方式，视频直播在百度平台和"Ambasciata Cinese Roma"的脸书主页上同步进行，13万旅意华人在线收看。

第一次在异国他乡，面对庞大的观众群体直播，不免有些紧张。

在这次特殊的"出差"任务中，我体验过很多的"第一次"：第一次上中央电视台新闻；第一次代表国家行为，到国外出差；第一次不得不剪去自己心爱的长发……我想，有什么值得紧张的呢？

一想到，可能有95%的观众都不懂正确的、科学的洗手方法，会给病毒

扎着"马尾巴"

留下可乘之机,我一下子就有劲了。我一边说,一边做示范动作,将"内、外、夹、弓、大、立、腕"——"七步洗手法"的口诀,解释得一清二楚。从中国的经验来看,洗手的有效性是非常显著的,我希望我们的旅意华人,从"会洗手"做起,提升信心,凝聚力量,为意大利社会做出表率。

我们计划去疫情最严重的北部伦巴第大区。我发觉我的披肩发又浓又密,帽子戴不严实,有可能成为"漏洞"。于是,我心一横,请翻译吉晋,用瑞士军刀上的小剪刀,咔嚓咔嚓,把多年来精心呵护的长发剪掉了。看着那一地黑油油的微微自然卷的头发,想起好姐妹们对我长发的羡慕与称赞,真有些心痛。

扎一个"马尾巴",帽子一戴,严严实实,利索多了。

到了疫情最严重的伦巴第大区,我们了解到当地的疫情防控形势仍旧不容乐观,民众防控意识亟须提高,对于戴口罩这个最简单的防护措施接受度不高,街头还是可以看到聚集的人群,公交车还在运营。由于国情不同,意大利无法采取中国式的严厉控制措施。我明白意大利抗疫工作的艰巨,想要打赢这场战役仍任重道远。

欣慰的是,应伦巴第大区主席邀请,我们的新闻发布会备受关注,收视率和点击率均创历史新高。这说明,有成千上万的意大利民众,听到我们介绍"中国是怎样做的"。我相信——只要他们听一听,再看一看医院里人满为患的现状,自然会受到一些启发;而伦巴第大区官方,会进一步坚定推行严格管控措施的信心。

新闻发布会后,米兰的街头人流量明显减少。这是意大利民众主动参与和配合疫情防控的表现。正如我们的领队、中国红十字会副会长孙硕鹏说:"抗疫不仅要靠政府和医护人员的努力,必须要全民守护这来之不易的封城,这是一场没有旁观者的战役!"

在孙副会长的带领下,我们与伦巴第大区首席医务官进行了交流,详细了解了伦巴第大区的新冠肺炎确诊、检测、收治、ICU治疗、死亡人数、患者年龄分布等情况,伦巴第大区新冠肺炎检测、隔离和收治政策以及检测医疗资源缺口情况。我们专家组提出了不少建设性的意见，双方谈得非常融洽。

米兰圣卢卡医院，将成为该地区收治新冠肺炎重症患者的定点医院。院方非常期待我们的帮助。梁主任、吉晋翻译和我，再次前往这家医院，与医院领导、ICU主任、护士长等进行了交流。

梁主任介绍了《新型冠状病毒肺炎诊疗方案（试行第七版）》，我介绍了中国新冠肺炎院感防控措施和示例。交流会后，我们与医院就诊疗方案、抗病毒药物和防护措施等进行了深入的讨论，还实地评估了院区的分区救治和已经改造好准备收治新冠肺炎重症患者的ICU病房。所到之处，我们看到医护人员正有条不紊地进行救治工作。

往返医院的路上，望着车窗外空荡荡的街道，心中感觉到的不是凄凉与萧条，反而是一种欣慰，这意味着意大利公共防控政策已经升级，我们的建言已见成效。

祖国同胞非常关注全世界的疫情和我们医疗队赴意大利工作的情况。梁主任与央视主持人白岩松在《新闻1+1》栏目进行了连线对话，就意大利病亡率为何高居不下、意大利是否会采纳中国方舱医院的概念、民众是否配合防控措施以及当前意大利医护人员的情况等进行了一一解答。梁主任是在蓝天白云下的米兰大教堂前与主持人对话的。他挥洒自如，侃侃而谈，十足的绅士风度，可以说是中国医生的代表，站在历史的高度，面对世界的一次亮相。

环顾往昔热闹非凡，现在只有巡警陪着我们的米兰大教堂，我作为在场的唯一观众，感慨万千。

在意大利期间，无论遇到什么困难，我都会克服，3月23日却非常意外，我第一次眼泪决堤。

那天，我看到我院第一批援鄂医疗队凯旋，50多天日夜奋战，救死扶伤，成绩卓著，我为那些熟悉的师长、兄弟姐妹一个也不少地回到成都叫好。

在这之前的一天,在英国留学的女儿也终于回国,压在心上的石头终于落地。我大大地松了一口气。

打开一条微信,突然响起了激越的钢琴声,让我大吃一惊。这是我的同事、老同学、闺蜜们为我制作的专辑《天使有爱——致敬唐梦琳教授》,一张张照片在《守望地球》的歌声中,徐徐展开:

> 蔚蓝的地球,我们的家乡,
> 孕育着生命和希望……

我看到的仿佛不是我,而是一个含威不露、身穿红十字"战袍"的士兵,一转身,就变成了梳着"马尾巴"的精气神饱满的护士。

> 张开我们的翅膀,
> 保护我们的家乡……

歌声中,展示出几十条激情燃烧、诗句跳跃的短信:

你有多美/你身上厚厚的防护服,清楚地记下你每一次和死神赛跑的样子……你有多美/让每一个生命不再畏惧/让每一个家庭不再哭泣……

地球儿女,本是一家/他国有难,一声令下/华夏天使,为疫断发/铿锵玫瑰,耀我中华/愿梦归来,笑颜如花。

撑起大灾,传播大爱!逆行的勇士……平安凯旋!

战场上,你的美丽、优雅、专业、专注,征服了全球同胞!

…………

还有20多年前,同学欢聚,眼中充满憧憬与梦幻的老照片。最后,是一组班主任陈敏和老同学们的视频。千叮咛，万嘱咐，盼望我保护好自己，一定要平安归来……

我被一股巨大的暖流拥抱着，27年的酸甜苦辣，涌上心头，泪水止不住地流——我代表着华西数千名护士姐妹走出来，飞到了意大利。这怎不令人激动和自豪？我的工作的意义，被歌声一语道破：

张开我们的翅膀，保护我们的家乡，
守望地球，所有生命的希望……

在米兰，亚平宁半岛干爽的风整夜吹拂着。

《守望地球》的歌声一直在我耳边轻唱。

回国的日子到了。在意大利这15天，意大利人民的热情与坦诚，对中国人的友好，给我们留下了深刻印象。

我收到了一张那不勒斯少女创作的漫画，画的是熊猫医生扶住了比萨斜塔，形象生动，意味深长。小画家在附言中写道："献给护士医生，以及从中国来帮助我们的人，希望战斗一线的他们能看到。"

为抗击疫情，意大利全面"封城"，要求民众尽量待在家中。生性乐观的意大利人每天下午6点会在罗马多个小区举办"阳台音乐会"，各种音乐此起彼伏。3月14日下午6点，中华人民共和国国歌《义勇军进行曲》在罗马的一个小区响起。歌声中有人大声高喊："Grazie Cina！（感谢中国！）"周围居民纷纷鼓起了掌。

印象最深的是，我们离开罗马北上伦巴第大区途中等红绿灯时，竟然发现我们的大巴车旁有一辆小车，司机摇下车窗，不停地向我们竖起大拇指。司机的动作感染了路边的行人，行人们个个都向着我们微笑，并招手致意。

意大利向我们伸出了大拇指——这是对我们医疗队的评价，也是对中国的评价。

第三十二章

凯旋日，意想不到的收获

除夕深夜，华西医院护士长宋志芳接到通知，第二天就要随第一批援鄂医疗队出征。女儿夏夏以为是去什么好玩的地方，就对妈妈说："妈妈，我陪你去。反正现在放寒假嘛，没得事。"

妈妈简要地向她说明了武汉的形势和国家的重任，再看爸爸沉默不语的严肃表情，夏夏一下子明白了：妈妈要去很危险的地方！

临别时，夏夏紧紧拥抱着妈妈，泪水濡湿了妈妈的肩膀。

夏夏是个品学兼优的小女生，兴趣爱好广泛。6年前，她参加成都的一个科幻活动时，就记住了许多科幻作家的名字，并开始阅读科幻作品。按说，想念妈妈，表达思念之情，除了手机视频、发短信，还有多种方式。夏夏的做法不一样，她用压岁钱买了200多元的花和种子，还特地种下了一排向日葵。

屋顶小花坛，在夏夏的精心打理下，变得五彩斑斓。顶着早春风寒，向日葵发芽了。阳光一照，春雨一洒，茁壮的小苗，"噌噌噌"地往上蹿。终于高出了玫瑰和杜鹃，长到一米多高，就开始打骨朵了。它们好像懂得夏夏的心思，早上去浇水时，骨朵们全都朝向东方。

朝向的东方，有一座城叫武汉，有一座红十字会医院，是妈妈日夜工作的地方，也是夏夏最牵挂的地方……

　　夏夏和向日葵伫立在高高的屋顶，等待着妈妈。

　　终于，当向日葵露出几片金黄色的花瓣时，妈妈要回来了！

　　2020年4月21日，是凯旋日。

　　从1月25日起，为抗击新冠肺炎疫情，华西医院外派259名医护人员，奔赴武汉、重庆、西藏，以及意大利和埃塞俄比亚。除了赴埃塞俄比亚的7名医生护士仍在执行任务未归，其他的一个也不少地回来了。

　　华西临床医学院楼前，已经布置好迎接抗疫英雄凯旋的会场。巨幅的五星红旗下，三层台阶都铺上了红地毯。大型画屏上，画着一只熊猫坐在华西医院的屋顶上眺望。武汉黄鹤楼屹立在一片樱花丛中，仿佛在送别驰援湖北的天使。画面开阔，给准备照相留念的人们留下了足够的空间。

　　引人注目的"神来之笔"是会场两旁20幅出自小画家之手的抗疫宣传画。小画家的妈妈或爸爸，都是援鄂抗疫第一线的医护人员。

　　南朝江淹有言："黯然销魂者，唯别而已矣！"他说的是人世间的离别——不管是与朋友、同学、玩伴离别，还是与父母、兄弟、姐妹离别，总是让人伤感的事情。此次白衣战士们出征，其实就是一段时间的离别，让孩子们感受到了与妈妈或爸爸离别的滋味。他们心里的感受说不出来，就用绘画表达了自己的感情。

　　苟慎菊的儿子嘟嘟，画的是"送抗疫药品的小乌龟"；张耀之的儿子轩轩，画的是"妈妈大战病毒"——妈妈占据太阳中心，把病毒杀得无处可逃；张佩的儿子，画的是白衣天使调集坦克大炮，与病毒激战；冯燕的女儿黄梓萱，一口气画了三幅很棒的宣传画，其中一幅《一起携手消灭病毒》主题鲜明，人物生动，获得了四川省少儿科幻画大赛一等奖；而王梓得的女儿王蜀瑜，画的是爸爸出征武汉时，头发立起，那勇往直前的英雄身姿……

　　孩子们的内心世界，真是丰富而美丽。

华西医院援鄂医护人员

记得多年前，有一次全国作文比赛，获奖的一个小学生，写出了一句可能连伟大的作家列夫·托尔斯泰也写不出来的话："想妈妈的感觉，就是想哭的感觉！"看到这些想妈妈或想爸爸的绘画作品，想到在国家危难时，孩子们用小小的画笔鼓励着白衣战士，真是令人感动。

下午3点，披红挂彩的六辆大巴车，徐徐驶过校中路，停在启德堂前的林荫道上。在欢快的乐曲声和亲人们的呼喊声中，身穿紫色冲锋服的医疗队队员，从大巴车上下来，穿过夹道欢迎的人们，接过一束束鲜花，与四川大学及华西医院的领导一一握手，然后列队站在铺着红地毯的台阶上。

是大巴车太大吗？从大巴车上下来的医疗队队员，个子显得那么小。特别是一多半女护士，个个娇小玲珑，口罩一戴，看不清面容，更像是一个个从校车上下来的中学生。我身边的记者，不禁叹了一声："咋个那么小啊！"

真是"小"得让人心痛！想起田永明护士长曾说："华西医院派往武汉的医疗队，总计174人，护士就占了125人。我手下的40个'90后'，全是独生子女，哪一个不是家中的心肝宝贝？到了华西医院，什么重活、累活，最难干的活，都得做，不停地做。没有她们，哪有抗疫的成果？"

宋志芳护士长说："我们早已养成习惯，从不给爸爸妈妈说医院头的任何事情。他们晓得了，会心痛惨！"

给摄影记者搭的台子，架好了"长枪短炮"，站满了记者。我站在记者中间，见一个小男孩急着想上来，又爬不上来，便伸出手，把他拉上来。小男孩10来岁，虎头虎脑，很逗人爱。我问他："你叫什么名字？"

他说："我叫张晁源。"

我一下子想起，他是工程师张宏伟的儿子，一个喜欢画飞机、崇拜英雄的小家伙。他站在我身边，踮着脚眺望，200多名队员正陆续站上大台阶。他突然挥动了双臂，呼喊："爸爸——"

在激越的乐曲声中，他稚嫩的嗓音，张宏伟怎能听见？但是，他硬是坚持向爸爸挥舞双臂。最后，他对我说："爸爸看到我了！"

他向我指点，那台阶上，第几排第几个，就是他的爸爸。

隔着三四十米距离和一片欢腾的人群，老眼昏花的我，怎么看得到张宏伟？但我还是为他们父子分别了70多天后，这样深情挥手而感动。

领导和队员代表讲话之后，是气势磅礴的大合唱《歌唱祖国》。

1955年，我第一次唱这首歌，正是张晁源这个年龄。那时，父亲对我说，他最喜欢的两句歌词是："我们战胜了多少苦难，才得到今天的解放。"

如今，唱起这首歌，想起刚刚经历的抗疫决战，我心中的歌词改成了另外两句："我们经过了多少磨难，才得到今天的凯旋。"

拍摄大合影时，全场突然安静下来，所有的目光都聚集在第一排中间的一把空椅子上。那是为康焰队长留下的位置。

当华西医院第三批援鄂医疗队回到成都，在接受隔离和休整的第三天，

凯旋英雄合影

康焰就被国家卫健委紧急派往黑龙江绥芬河。空座椅，让队员们想起"康师傅""一个不能少"的誓言。他带回了队伍，自己又投入另一场阻击新冠肺炎疫情的战斗中。

康焰在绥芬河边境的照片传到了华西医院，很多同事都给身处漫天飞雪的北国边疆的他发去暖心的短信。基鹏说："康师傅，你没带一兵一卒，只身一人去边境，让好多人泪目，请你自己好好照顾自己吧！"

数声快门声响过，合影拍完，欢迎会结束。

张晁源首先跳下台子，钻进人群去找爸爸。顿时，你寻我找，呼亲唤友，握手拥抱，泪眼相向。有的孩子，一抱上妈妈便哇哇大哭，惹得众人酸鼻。身处激情的旋涡，我凭借手机呼叫，见到了网上结识的好朋友张耀之、基鹏、张佩、苟慎菊、张宏伟、王梓得、冯燕等。我们在孩子们的抗疫宣传画前合影，听几个来欢迎爸爸妈妈凯旋的孩子叫我"谭爷爷"，直叫得我心中又甜又醉。

想盘点一下，华西医院的白衣天使，除了收获医疗成果，还收获了什么。

一阵阵欢呼声惊动了所有的人。原来，在红地毯铺就的台阶上，武汉归来的唐飞捧着鲜花向女友杜鑫磊求婚；接着是两个小伙子张磊、饶阳，分别向武汉归来的刘迅、张素清求婚。4月21日，凯旋日，作为订婚日，太好了！

看来，经历了牵挂与思念，有人收获了爱情。

冯梅、宋志芳、张焱林和吴颖，人称"呼吸四姐妹"，原定春节一起到北海道游玩。疫情突发，她们立即退掉了去往北海道的机票。冯梅、宋志芳、张焱林先随第一批援鄂医疗队到达武汉市红十字会医院，吴颖又随第三批援鄂医疗队到达武汉大学人民医院东院区。她们分别结交了武汉的患者朋友和医院的朋友。

四姐妹在凯旋之日喜相会，收获了更多的友情。

宋志芳说：好多出征的爸爸妈妈，都发现孩子们突然长大了，这也许是最出人意料的收获吧。

张耀之说：我的1岁多的小女儿，学会走路了。

李丹妮说：女儿罗芮涵，也许是耳濡目染，懂得了白衣天使首先要保护好自己，所以画了一张与众不同的科幻画。她设计了一个"保护神"，头像熊猫，本来爸爸建议她画超人的衣服，但她坚持要使用奥特曼着装。她能用画笔来表达自己的想法，真让我高兴。

徐原宁说：临出发前，大女儿给我的便携小喷壶发挥了很大的作用，装点消毒液，上下公交车喷一喷，进出电梯喷一喷，门把手经常喷，很方便。体会到好处后，我帮每个队员都买了一个，发给大家。在武汉，我才感觉到，女儿长大了，很会关心人、体贴人。

朱仕超说：很多年轻的爸爸妈妈，平常会觉得拖上一个娃娃是累赘，离开了娃娃，才觉得娃娃可爱。为了娃娃，你得奋斗，你得做表率。娃娃，其实是发动机，给你提供无穷无尽的动力。

宋志芳通过手机截图，让我看到了夏夏的生活细节。

夏夏栽种的向日葵

　　夏夏开始自学厨艺，不断向妈妈汇报。炒菜，味道不错，摆在盘中还挺有美感。自制的小馒头，妈妈说"有点丑"，夏夏说吃起来松软可口。还夸下海口，等妈妈回来，露一手，给妈妈做一顿好菜饭。

　　宋志芳说：13岁的夏夏，也有了家国情怀，这是最让她感到欣慰的事情。

　　宋志芳走上楼顶，去参观夏夏精心打造的小花坛。高处风大，花枝摇曳，每一朵可爱的小花都似乎在喊着：欢迎，欢迎！

　　那一排向日葵，一张张圆脸，向着她笑。一棵挨一棵，笔直挺立，如仪仗队，等着她检阅呢。

　　对于这次搅得全球惶惶不安的新冠肺炎疫情，比尔·盖茨说："它提醒我们，这可能是一个结束，也可能是一个新的开始。"

　　这场让世界付出了惨重代价的疫情虽然尚未结束，但是，我们已经从孩子，从"90后"的年轻人身上，看到了未来，看到了希望。

后　记

耸立在成都人民公园的川军抗日阵亡将士纪念碑，以前叫无名英雄纪念碑。据相关史料记载，抗日战争中，350余万川军出川，牺牲了26万多人，而大多数壮士没有留下姓名，就连他们慷慨捐躯的故事，也因为时间的流逝而残缺不全。从小，我就觉得，这是非常遗憾的事情。暮年回首，我觉得这是民族精神财富的惨痛流失。

2020年，中国人民众志成城的抗疫之战，真是可歌可泣，必将是彪炳史册的重大事件。

为便于采访华西医院的白衣天使的抗疫故事，医院宣传部给了我一份名册。由于精力有限，篇幅有限，我只接触到、写到很少一部分医生和护士，而华西医疗队抗击疫情的感人故事，包含了每一个人的付出。我想，虽然我未能写下每一名医疗队队员的故事，却可以在书中留下他们的姓名，让他们的家人、亲友，从那亲切的姓名追根溯源，回顾2020年的抗疫故事，保存一串记忆的珍珠，并能传之后人。

为此，我深深地感谢华西医院，感谢所有的医疗队队员，他们是——

赴武汉：乔甫、罗凤鸣、朱仕超、王业、王博、刘焱斌、尹万红、江雪、银玲、冯佩璐、冯梅、宋志芳、张焱林、何国庆、张耀之、谢莉、蔡琳、吴孝文、漆贵华、彭云耀、张茂杰、刘丹、黄子星、冷琦、徐禹、杨翠、周秋羊、陈进东、王梓得、刘瑶、倪忠、康焰、晏会、白浪、赵毅、岳冀蓉、樊涛、田攀文、吕庆国、慕洁、张凌、彭勇、徐原宁、邓凯、王铭、吴东波、赖巍、白雪、基鹏、何敏、薄虹、王鹏、薛杨、马瑶、王凯歌、王岚、许慎、郭建、刘艺、苟慎菊、冯睿智、张宏伟、田永明、吴颖、陈艳、谢泽荣、杨秀芳、李娜、彭小华、王瑞、黄文姣、贺莉、唐荔、郑岚、刘逸文、李霞、刘一秀、程良平、王宇皓、张德超、曾毅、杨锐、李艺、李建、韩黎文、刘婷、韦娜、陈瑶、余呷淼、游薇、杨晓云、冯利、张素清、江玉莲、覃朗、黄雪、袁冬梅、高文杰、杨婷、格绒下姆、任雪、朱英、李红艳、邬小丽、袁琪琦、李雯、杨雪、尹玲茜、曾鹏、孙敖、杨旭琳、罗兰、方怡、刘迅、孙强、宫晓鸿、曾婷、贺娟、胡淑华、唐川、刘琴、李精健、黄能、陈叶、周娴、王维、吉克夫格、童嘉乐、佟乐、艾霜兰、肖洁、许伦强、韩清华、许静、黄国栋、张美玲、姚俊、唐飞、余亚希、张舒、胡洁、胡琳、张佩、曹型翠、丁科尹、王静、李帅、郑可欣、杨广强、李镰池、郁晨颖、王静、蒋强、潘华英、卫新月、徐正英、高慧、冯燕、姚妮、赵琴、李阳、邱昌建、饶志勇、李茜、李进、张波、蒋莉君、郑耀宗、刘婷、叶嘉璐、李水英、叶应华、刘娟、叶剑波。

赴成都市公共卫生临床医疗中心：刘丹、吕庆国、张凌、王凯歌、刘凯、林吉、童翔、王慧、钟册俊、薛宇、魏春燕、杨梦璇、李磊、张君龙、张崇唯、王旻晋、代水平、洪桢、吴孟航、樊朝凤、黄霞、赵静、何娟、范红英、杨雪、冯凰、蒋婷、王维、韦先林、谢春、谢君、廖钰婵、高元凤、马桂花、唐勇、王新淞、卫丹、牛绍迁、周蔼玲、陈慧文、方皓、冉航丞、胡娇、张蓉、王玉陶、廖堃、谢玲玲、蒋燕萍、杨韵沁、夏文熙、李蔚、应斌武、张焕强、戴小容、刘露、田圆、黄婷婷、高丹、黄丽梅、张胜、代明金、余荷、魏家富、雷学忠、张雨薇、杨莹莹、陈佰旭、董美玲、王波、陈志文、王春燕、白红利、王军、吴小玲、梁宗安。

赴意大利：梁宗安、唐梦琳。

赴埃塞俄比亚、吉布提：曾勇、蒋艳、宗志勇、范红、金晓东、梁鹏、李念。

赴阿塞拜疆：程永忠、应斌武、王晓辉、周亮、王旻晋、吴颖、蒋红丽、王可、王波、林吉。

赴甘孜州道孚县：卢家桀。

赴黑龙江：康焰。

赴北京：谢轶、陆小军、王旻晋。

赴西藏：张慧、乔甫。

赴新疆：康焰、乔甫、陈捷、宋兴勃、尹万红、赖巍、曹淼、杨广强。

赴重庆三峡中心医院：唐承薇、龚慧、邰阳、兰天。

再赴武汉：罗凤鸣、白浪。

我还要感谢遍布世界各地的华西校友。

感谢加拿大的孙静、刘军、张维本等，美国的伍波、彭远波、黄娟等，澳大利亚的张萍、李峥、李慧等。从他们的电话里，能感受到北美的风雪呼啸、南太平洋的暖流翻滚。他们牵挂着华西母校如何挑起重担，时刻为祖国的疫情焦虑——那时，我觉得电脑桌的"神经"与全球的华西学子相连。

我还要特别感谢基鹏医生，不断给我强刺激。她那么忙，那么困倦，还坚持完成了《战地笔记》。我躲在安全的后方，又怎能懈怠？

曾在华西做过遗传学研究，如今远在美国的枫枫，也不断给我"刺激"，这种"刺激"，远胜于任何鼓励。她曾写道："此时远在美国的我，五味交织。另一位人间天使28岁的妇产科医生艾德琳·法根因为感染新冠肺炎，经过两个多月的挣扎，走了！看着她笑靥如花的照片，我有一种说不出的悲愤。她7月8日早上还生龙活虎一般走进产房去迎接新生命，就再也没有出来。查出感染后病情急剧恶化，她热爱她的工作，其间她一次次希望尽快出院帮助他人……"

在读完我刚刚完成的书稿后，她写道："我一口气读完，犹如看了一场战争大片，紧张而担心。在生死面前，华西人展现出美丽的灵魂与充沛的

四川大学华西医院荣获"全国抗击新冠肺炎疫情先进集体"称号
（四川日报李寰供图）

精神，在那些漆黑的时间里，他们为世界带来了光明，是天使降临人间。我为他们的高贵的人格、无私的付出而赞叹，也感叹于他们在生死的考验中，为自己的生命赋予了更深刻的意义。他们为业界建立了更高的标准，成就斐然，必将载入史册，扬名四方。"

枫枫最后写道："中国万岁！"

感谢所有"刺激"我的朋友。